Karl Marx

Der kleine Marx

Karl Marx

Der kleine Marx

Bestechende Gedanken eines Kritikers

Herausgegeben von Bruno Kern

marixverlag

Inhalt

Geburtstagsgruss an Karl Marx

Herrn Dr. jur. Karl Marx
Friedhof Highgate
Sektion B
Grab 116
LONDON

Lieber Karli,

zu deinem 100. Geburtstag wünsche ich dir alles Liebe und Gute. Leider muss ich dir mitteilen, dass die nach dir benannte politische Theorie, der sogenannte »Marxismus«, inzwischen längst widerlegt ist. Namhafte Kommentatoren namhafter österreichischer Zeitungen haben dich allein im letzten Monat siebzehnmal widerlegt. Das »profil« dreimal, die »Neue Kronenzeitung« fünfmal und die »Presse« gar neunmal.

Zu Recht, denn du hast dich auf der ganzen Linie geirrt. Allein deine Theorie von der zunehmenden Verelendung der Arbeiterklasse ist völlig falsch. In Wirklichkeit geht es den Arbeitern immer besser, sie arbeiten immer weniger, viele von ihnen arbeiten überhaupt nicht mehr, zum Bei-

spiel die Stahlarbeiter in Detroit. Oder deine Vorstellung von der Unversöhnbarkeit der Arbeiterklasse mit der Ausbeuterklasse: ein einziger Irrtum. Die sitzen längst alle in einem Boot und kommen sich, wie das bei Bootspartien so üblich ist, immer näher und näher.
Take it easy, Karli!
*Dein Peter Turrini**

Der österreichische Schriftsteller Peter Turrini hat hier offensichtlich recht schlampig recherchiert: Marx war erstens kein »Dr. jur.«, sondern wurde nach seinem Studienwechsel in Jena mit einer brillanten Arbeit über Demokrit und Epikur aus dem Fach Philosophie promoviert! Und was doch ein wenig peinlich ist: Turrini hat mit dieser kleinen Polemik Marx im Jahr 1983 (!) zum hundertsten Geburtstag gratuliert, also ganz offensichtlich den Geburtstag mit dem Todestag von Karl Marx verwechselt! Das ändert jedoch nichts daran, dass sein sarkastischer Text in der Sache treffsicher und entlarvend ist – auch wenn er angesichts der Ereignisse, die seither die Welt völlig verändert haben, wiederum recht nostalgisch anmutet. Die meisten der sich unter anderem auf Marx berufenden sozialistischen Staaten haben sich inzwischen historisch gründlich blamiert, und auf der anderen Seite ist spätestens mit der weltweiten Finanzkrise ab dem Jahr 2007 klar geworden, auf welch tönernen Füßen das System steht, dessen Protagonisten Anfang der Neunziger noch die Sektkorken knallen ließen. Die Vermutung, dass beide Systeme im Grunde einander viel ähnlicher sind, als

* Peter Turrini, Mein Österreich. Reden. Polemiken, Aufsätze, Darmstadt 1988.

sie wahrhaben wollten, und dass deshalb der Zusammenbruch des einen lediglich die Vorwegnahme des Zusammenbruchs des anderen war, hat beunruhigend gute Gründe auf ihrer Seite. Genug Gründe jedenfalls, sich ernsthaft zurückzubesinnen auf den humanistischen Philosophen, der den Mechanismen der kapitalistischen Ökonomie am gründlichsten nachgespürt hat.

Allerdings: Nichts wird Marx weniger gerecht, als ihn unkritisch zu rezipieren, ihn bis zur Ermüdung zu repetieren und sich damit genau jene denkerische Mühe für heute zu ersparen, die er für das 19. Jahrhundert geleistet hat. Die oftmals erschreckend primitive Dämonisierung von Karl Marx scheint zum Teil wenigstens auch die Reaktion auf eine orthodoxe Marx-Scholastik zu sein, die den, auf den sie sich beruft, ebenso verrät, wie sie das Niveau der Gegenwartsherausforderungen unterbietet. Um uns einen der größten Humanisten theoretisch wie praktisch neu zu erschließen, ist es zunächst erforderlich, ihn von den Schlacken des 19. Jahrhunderts zu befreien.*

Der Kontext, in dem Marx gewirkt hat, ist gekennzeichnet von der entstehenden Industriegesellschaft Mitte des 19. Jahrhunderts und der revolutionären Bewegung von 1848/49, die die reaktionären Regime Europas erschütterte. Marx sah sehr klar das revolutionierende Potenzial des industriellen Fortschritts, er war fasziniert von den atem-

* Eine biografische Einführung, eine kommentierte Auswahl der wichtigsten Texte und eine systematische Auseinandersetzung mit Marx bietet: Karl Marx, Texte – Schriften. Ausgewählt, eingeleitet und kommentiert von Bruno Kern, Wiesbaden 2015. Dieses »Marx-Lesebuch« bietet einen hervorragenden Einstieg in die intensivere Auseinandersetzung mit Marx. Die in diesem Band wiedergegebenen Texte sind zum Großteil auch dort zu finden. Die Quellenangabe »TS« verweist jeweils auf die entsprechende Fundstelle im Lesebuch.

beraubenden technologischen Entwicklungen, die nicht mehr in das Korsett der bürgerlichen Gesellschaft passten. (Wohlgemerkt: Es ging dabei damals im Wesentlichen um die Dampfmaschine, noch nicht einmal um die Elektrifizierung, die noch in den Kinderschuhen steckte!) Unter den Bedingungen der privaten Aneignung der Produktionsmittel und bornierter Einzelinteressen schlägt das emanzipatorische Potenzial der neuen Produktionsweisen in Verelendung und Ausbeutung von Natur und Mensch um. Im Gegensatz zu Marx aber ist uns heute die Ambivalenz des Industrialisierungsprozesses selbst, unabhängig von der Organisation der Gesellschaft, bewusst. Die ungeheuren Destruktivkräfte, die die technische Entwicklung entfesselte, veranlassten Gesellschaftstheoretiker wie Ulrich Beck dazu, unsere Gesellschaft insgesamt als Risikogesellschaft zu charakterisieren.* Vor allem aber wird uns heute schmerzlich bewusst, dass – im Gegensatz zur allgemeinen Auffassung im 19. Jahrhundert – dieser Prozess des technologischen Fortschritts und der Produktivkraftentwicklung nicht einfach linear nach vorne verlängert werden kann, dass er nicht vereinbar ist mit der Endlichkeit unserer natürlichen Ressourcen und der Knappheit unserer Energiequellen, dass er letztlich auf einer Illusion beruhte, die nur dadurch aufrechterhalten werden konnte, dass sie die »unterentwickelten« Regionen der Welt ebenso ausblendete wie die Lebensbedingungen künftiger Generationen. Die Weigerung, dies zur Kenntnis zu nehmen, schlägt sich heute vor allem in infantilen Technikfantasien nieder, die – jedem simplen

* Ulrich Beck, Risikogesellschaft. Auf dem Weg in eine andere Moderne, Frankfurt a. M. 1986.

Hausverstand und jeder empirischen wie logischen Evidenz zum Trotz – davon ausgehen, wir könnten die Energieeffizienz um ein Vielfaches steigern und mit anderen technischen Mitteln den Verbrauch auf seinem derzeitigen Niveau aus erneuerbaren Quellen bestreiten. Gerade auch politische Formationen, die sich auf Karl Marx berufen, begründen ihren eigenen Realitätsverlust mit Theorieversatzstücken aus seinem Werk: mit der fortschreitenden Dialektik von Produktivkraftentwicklung und gesellschaftlichen Verhältnissen sowie mit der sich historisch damit weiter entwickelten Bedürfnisbasis ad infinitum. Gefördert wird diese Abstraktion von den endlichen, natürlichen Daseinsbedingungen noch durch die Digitalisierung, die leicht in den Hintergrund treten lässt, dass hinter den beeindruckenden Möglichkeiten elektronischer Datenverarbeitung letztlich materiegebundene Voraussetzungen stehen und dass man sich von Datensätzen nicht ernähren kann, während der fruchtbare Boden weltweit erodiert …

Im Gegensatz und im Widerspruch zu Karl Marx haben wir deshalb heute seine Grundannahme infrage zu stellen, dass sich eine solidarische Gesellschaft – und solidarisch heißt natürlich immer auch nachhaltig, wenn ich die kommenden Generationen aus dieser Solidarität nicht ausschließen will – nur auf dem Boden einer bestimmten Entwicklung des technischen Produktionsapparats verwirklichen ließe. Vielmehr müssen wir darauf beharren, dass sich ein solidarisches Gesellschaftsverhältnis unabhängig von einem bestimmten Niveau der Produktivkraftentwicklung herstellen lässt, ja dass sogar viel für die Annahme spricht, dass ein hohes Niveau der Produktivkraftentwicklung ein solidarisches, transparentes und partizipatives Gesellschaftsverhältnis eher erschwert, dass Technik selbst intransparente Herrschaft hervorbringt und Zwänge herstellt, die jedem Bestreben nach menschlicher Emanzipation widerstreiten. Über Marx hinaus sind deshalb die Stimmen von Analytikern zu hören, denen es darum ging, ein menschliches Maß der Technikentwicklung zu bestimmen (Ivan Illich, Jacques Ellul, E. F. Schumacher, Otto Ullrich …) Wenn wir uns heute um die Einsicht nicht mehr herumdrücken wollen, dass angesichts der immer spürbarer werdenden Grenzen des Wachstums nicht nur die kapitalistische Organisationsweise unserer Wirtschaft, sondern ebenso der Industrialismus zur Disposition steht, dann ist Karl Marx nur bedingt hilfreich, dann gilt es, gerade mit derselben intellektuellen Redlichkeit und Radikalität, die ihn selbst auszeichnete, über ihn hinauszudenken.

Ähnliches gilt wohl auch hinsichtlich der Frage nach dem Subjekt (oder den Subjekten) gesellschaftlicher Transformation. Marx wandte sich zu seiner Zeit gegen jegliche »voluntaristische« Auffassung von Gesellschaftsveränderung. Er wusste zu gut, dass Ideen, um praktisch zu werden, eine materielle Basis brauchen, dass kein Aufklärerpathos, das predigend durch die Lande zieht, andere Verhältnisse herstellt, sondern dass jeder taugliche Versuch der Umwälzung anzuknüpfen habe an den Tendenzen der Wirklichkeit selbst. Marx identifizierte das Industrieproletariat als das Subjekt der Transformation, nicht aufgrund von dessen besonderer »subjektiver« Eignung, sondern aufgrund seiner objektiven Situation. In der Klasse der Industrieproletarier manifestiert sich die Grundwidersprüchlichkeit des Kapitalismus selbst, sie ist jene Klasse, die sich aufgrund ihrer objektiven Lage nur selbst befreien kann, wenn sie gleichzeitig die Gesellschaft insgesamt befreit … Jeder Versuch gesellschaftlicher Umwälzung hat deshalb nicht an irgendeinem »good will«, sondern an materiellen Interessen anzuknüpfen.

Auch diese Marx'sche Grundüberzeugung muss heute in mehrfacher Hinsicht mit Fragezeichen versehen werden. Historisch haben wir seit Marx Revolutionen erlebt, die diesen Bedingungen keineswegs entsprachen. Erwähnt seien nur die Oktoberrevolution von 1917, aus der die Sowjetunion hervorging, die kubanische Revolution oder auch die zapatistische Aufstandsbewegung in Mexiko ab 1994.

Im Spätkapitalismus ist die Klasse der lohnabhängig Beschäftigten einerseits vielfach ausdifferenziert und kaum noch vergleichbar mit dem Industrieproletariat des 19. Jahrhunderts, in wesentlichen Bestandteilen aber so ins System integriert, dass sie nur noch zum stabilisierenden Faktor taugt. Das konkrete Agieren bundesdeutscher Einzelgewerkschaften macht dies heute überdeutlich: Welcher revolutionäre Impuls etwa könnte von einer Dienstleistungsgewerkschaft ausgehen, die sich für die Weiterführung des Braunkohletagebaus wider alle ökologische Vernunft einsetzt und selbst die banalsten politischen Eingriffe wie etwa eine Besteuerung von Flugtickets mit grimmigen Drohgebärden beantwortet? Welcher revolutionäre Impuls geht von Betriebsräten der IG Metall aus, die den Wirtschaftsminister bedrängen, die Rüstungsexporte nicht einzuschränken? Welcher revolutionäre Impuls ist von Gewerkschaftern der Chemiebranche zu erwarten, die die totale Unterwerfung der Demokratie unter Profitinteressen mittels internationaler Handelsabkommen begrüßen? Welcher Impuls geht von der organisierten Arbeiterschaft eines Landes aus, das zu den Krisengewinnlern zählt und ihre Solidarität mit südeuropäischen Kollegen doch recht verhalten ausfallen lässt? … Global gesehen manifestieren sich die Widersprüche des kapitalistischen Wirtschaftssystems in den verarmten Bevölkerungsmehrheiten des Trikont, die kaum die Voraussetzungen haben, ihre objektive Lage in wirksames gesellschaftsveränderndes Tun umzumünzen – es sei denn, man betrachtet die Masse an nach Europa Flüchtenden als ein solches Druckpotenzial – und in der unwiederbringlichen Zerstörung der Lebensgrundlagen für die noch nicht Geborenen.

Aber es ist natürlich noch viel grundsätzlicher zu fragen, welcher Beitrag zur Gesellschaftsveränderung von Industriegewerkschaften erwartet werden kann, wenn der Industrialismus selbst zur Disposition steht, wenn es nicht mehr nur um die Arbeitszeitgestaltung in der Automobilbranche, sondern um die Notwendigkeit ihres Rückbaus geht … Bei Marx verband sich die Aussicht auf ein anderes Gesellschaftsverhältnis mit der Teilhabe der bislang Ausgeschlossenen an den Segnungen des Fortschritts der Produktivkraftentwicklung. Was aber, wenn wir heute zur Einsicht gekommen sind, dass es, um die Lebensgrundlagen für alle zu sichern, nicht um Wachstum, sondern um Schrumpfung des Bruttoinlandsprodukts und der materiellen Basis unserer Wirtschaft insgesamt geht? Kann man angesichts dieser Situation überhaupt noch im soziologischen Sinne an Interessen anknüpfen? Ist hier nicht heute gegen Marx darauf zu beharren, dass der Sozialismus wesentlich ein ethisches Projekt ist und von den Menschen getragen wird, die bereit sind, gegen ihre unmittelbaren materiellen Interessen zu handeln? Hängt unsere Überlebensfähigkeit heute nicht vielmehr davon ab, wie weit es uns gelingt, unsere moralischen, unsere Sinnressourcen, zu erschließen? Der wohl bedeutendste deutsche Philosoph der Gegenwart, Jürgen Habermas, hat immerhin ausgehend von diesem Befund zu einer neuen Einschätzung religiöser Stimmen in der Öffentlichkeit gefunden, wiewohl er sich selbst als »religiös unmusikalisch« bezeichnet. Vielleicht wäre von daher nicht zuletzt Marxens Religionskritik neu zu bedenken.

Und dennoch: Ein Denker vom Format eines Karl Marx zeichnet sich eben dadurch aus, dass er bei aller Zeitbedingtheit Wesentliches, Unverzichtbares auch für uns zu sagen hat. Sein historischer Materialismus – der übrigens gar nichts zu tun hat mit einem weltanschaulich-ontologischen Materialismus, welcher das Sein des Seienden als Materie auslegt (solche Fragen haben Marx kaum interessiert) –, das heißt sein Rückbezug aller Äußerungen des gesellschaftlichen und geistigen Lebens, der politischen Institutionen ebenso wie der Kunst etc., »in letzter Instanz« auf die Art und Weise, wie die Menschen in Auseinandersetzung mit der Natur die Bedingungen für ihr materielles Leben bzw. Überleben und Fortleben der Generationen erzeugen: Dies ist eine erkenntnistheoretische Einsicht von vergleichbar umwälzender Natur wie Immanuel Kants kopernikanische Wende zum Subjekt. Marx' präziser Ideologiebegriff, die Rückführung eines verkehrten Bewusstseins auf verkehrte gesellschaftliche Verhältnisse selbst, macht ihn zu einem der großen »Meister des Verdachts«. Die Herausarbeitung der Grundwidersprüche des Kapitalismus ist – bei aller Kritik im Einzelnen – treffsicher. Jeder, der heute Gültiges, nicht an der Oberfläche haften Bleibendes zur ökonomischen Entwicklung zu sagen hat, steht auf den Schultern von Karl Marx. Aktueller denn je ist heute, da wir uns der Notwendigkeit einer Postwachstumsgesellschaft immer mehr bewusst werden, seine Beschreibung des in die kapitalistische Ökonomie selbst eingeschriebenen Wachstumszwanges, des Zwangs zur Kapitalakkumulation auf immer höherer Stufenleiter, die ja den Kern dessen ausmacht, was man heute modisch-verschleiernd »Globalisierung« nennt. Unvergleichlich hat er das Wesen des Kapitalismus in dessen »Fetischcharakter« erkannt: Das, was aus den Händen und Köpfen der Individuen selbst hervorgeht, gewinnt unter kapitalistischen Vorzeichen Gewalt über sie. Das Verhältnis von Subjekt und Objekt kehrt sich um. Die sich autonom dünkenden, vereinzelten Subjekte werden zu »Hilfsschrauben ihrer eigenen Werkzeuge« (Karl Kraus). Keineswegs hat Marx – wie bereits sein Freund Engels und viele seiner Epigonen – Wirtschaft und Gesellschaft positivistisch, analog zu einem mechanischen Naturverständnis, begriffen. Der an Hegels Dialektik geschulte Denker hatte ein waches Bewusstsein dafür, dass das reflektierende Subjekt dem Gegenstand seiner Reflexion selbst angehört. Die erkenntnistheoretische Einsicht in den Primat der Praxis, die gar nichts zu tun hat mit theorievergessenem Aktionismus, wurde weiter entfaltet und vertieft bei den Denkern der Frankfurter Schule bis hin zu Jürgen Habermas. Marx hat einen Standpunkt bezogen und Partei ergriffen – aber nicht im Sine einer beliebigen Präferenz. Seine Parteilichkeit hat er vielmehr als genau den Standpunkt aufgewiesen, der allein Universalität, Allgemeingültigkeit garantieren kann, nämlich »alle Verhältnisse umzuwerfen, in denen der Mensch ein erniedrigtes, ein geknechtetes, ein verlassenes, ein verächtliches Wesen ist«. Nicht zuletzt ist es Marx' Verdienst, dass er die beiden großen Ansprüche der Französischen Revolution, Freiheit und Brüderlichkeit, nicht als sich ausschließende oder mühsam in Balance zu haltende Gegensätze sah, sondern gerade in ihrem gegenseitigen Bedingungsverhältnis! Wenn er den Menschen nicht mehr als abstraktes Individuum, sondern als gesellschaftliches Wesen begreift, dann erschließt sich ihm als utopischer Horizont eine Gesellschaft, in der die freie Entwicklung des Einzelnen gerade die Bedingung für die freie Entwicklung aller ist.

Dies alles kann hier natürlich nur in einigen wenigen groben Strichen angedeutet werden. Zur näheren Beschäftigung mit einem der bedeutendsten humanistischen Denker der neueren Zeit eignet sich die in Anm. auf Seite 9 erwähnte umfassende Zusammenstellung und einordnende Kommentierung der wichtigsten Texte von Karl Marx. Die Quellenangabe der hier wiedergegebenen Textkostproben hat deshalb immer die Fundstelle in diesem hilfreichen »Lesebuch« (unter dem Sigel »TS«) vorangestellt.* Das vorliegende kleine Buch soll Appetit machen auf eine intensivere Beschäftigung. Appetit macht allein schon die sprachliche Gestaltungskraft, die stilistische Meisterschaft von Karl Marx, der es verstanden hat, tiefe Einsichten ohne jede Phraseologie glanzvoll und

* Die verwendeten Siglen der Quellen lauten: TS = Karl Marx, Texte – Schriften. Ausgewählt, eingeleitet und kommentiert von Bruno Kern, Wiesbaden 2015; MEW = Karl Marx/Friedrich Engels, Werke (hg. vom Institut für Marxismus-Leninismus beim ZK der SED, Bde. 1–40), Berlin 1956 ff.; Grundrisse = Karl Marx, Grundrisse der politischen Ökonomie (Rohentwurf), Berlin 1974; MEGA = Marx Engels Gesamtausgabe, Berlin 1975 ff.

geistreich zu formulieren. Selbst wenn man alles, was er gedacht hat, der Mülldeponie der Philosophiegeschichte preisgeben wollte, so würde Marx immer noch als einer der brillantesten Stilisten seiner Zeit bestehen.

Gerade die Abbreviatur Marx'scher Einsichten in diesen gesammelten Kostproben kann aber vielleicht eine Funktion, die er für uns haben sollte, besonders gut erfüllen: Plausibilitäten durchbrechen, die uns zur zweiten Natur geworden sind, die wir, da die herrschende Ökonomie unsere Lebenswelt ebenso kolonialisiert hat wie unsere Denkformen, gar nicht mehr in ihrer Kontingenz – als solche, die nicht notwendig so sein müssen – durchschauen, die wir so hinnehmen wie Naturgesetze. Das gilt für die Institution des Privateigentums ebenso wie für die Kategorie des Wettbewerbs, des positiv besetzten Wachstumsbegriffs etc. Gerade die verdichtete Form der Marx'schen Gedanken, ihre Zusammenfassung in einen Aphorismus, ist imstande, das öde Einerlei unseres ökonomisch gleichgeschalteten Denkens zu irritieren, uns aus der mentalen Lethargie herauszuholen und uns wieder begreifen zu lassen, dass der Mensch so unendlich staunenswerter ist als jener *homo oeconomicus*, auf den man ihn reduzieren will.

Bruno Kern

Zur Religion

Was ein bestimmtes Land für bestimmte Götter aus der Fremde, das ist das Land der Vernunft für Gott überhaupt, eine Gegend, in der seine Existenz aufhört.

(TS 31 / MEW 40, 371)

*

Die Beweise für das Dasein Gottes sind entweder nichts als *hohle Tautologien* – z. B. der ontologische Beweis hieße nichts als: »was ich mir wirklich (realiter) vorstelle, ist eine wirkliche Vorstellung für mich«, das wirkt auf mich, und in diesem Sinn haben *alle Götter*, sowohl die heidnischen als christlichen, eine reelle Existenz besessen. Hat nicht der alte Moloch geherrscht? War nicht der delphische Apollo eine wirkliche Macht im Leben der Griechen? Hier heißt auch Kants Kritik nichts. Wenn jemand sich vorstellt, hundert Taler zu besitzen, wenn diese Vorstellung ihm keine beliebige, subjektive ist, wenn er an sie glaubt, so haben ihm die hundert eingebildeten Taler denselben Wert wie hundert wirkliche. Er wird z. B. Schulden auf seine Einbildung machen, sie wird *wirken, wie die ganze Menschheit Schulden auf ihre Götter gemacht hat.*

(TS 30 / MEW 40, 371)

*

In der Religion machen die Menschen ihre empirische Welt zu einem nur gedachten, vorgestellten Wesen, das ihnen fremd gegenübertritt. Dies ist keineswegs wieder aus andern Begriffen zu erklären, aus »*dem* Selbstbewusstsein« und dergleichen Faseleien, sondern aus der ganzen bisherigen Produktions- und Verkehrsweise, die ebenso unabhängig vom reinen Begriff ist wie die Erfindung der self-acting-mule* und die Anwendung der Eisenbahnen von der Hegel'schen Philosophie. Will er [Max Stirner] einmal von einem »Wesen« der Religion sprechen, d. h. von einer materiellen Grundlage dieses Unwesens, so hat er es weder im »Wesen des Menschen« noch in den Prädikaten Gottes zu suchen, sondern in der vor jeder Stufe der religiösen Entwicklung vorgefundenen materiellen Welt.

(MEW 3, 143)

*

Für Deutschland ist die *Kritik der Religion* im Wesentlichen beendigt, und die Kritik der Religion ist die Voraussetzung aller Kritik.

Die profane Existenz des Irrtums ist kompromittiert, nachdem seine *himmlische oratio pro aris et focis*** widerlegt ist. Der Mensch, der in der fantastischen Wirklichkeit des Himmels, wo er einen Übermenschen suchte, nur den *Widerschein* seiner selbst gefunden hat, wird nicht mehr geneigt sein, nur den *Schein* seiner selbst, nur den Un-

* Selbsttätige Spinnmaschine.

** Rede für Altar und Herd.

menschen zu finden, wo er seine Wirklichkeit sucht und suchen muss.

(TS 58 / MEW 1, 378)

*

Der Mensch macht die Religion, die Religion macht nicht den Menschen. Und zwar ist die Religion das Selbstbewusstsein und das Selbstgefühl des Menschen, der sich selbst entweder noch nicht erworben oder schon wieder verloren hat. Aber der Mensch, das ist kein abstraktes, außer der Welt stehendes Wesen. Der Mensch, das ist *die Welt des Menschen*, Staat, Sozietät. Dieser Staat, diese Sozietät produzieren die Religion, ein *verkehrtes Weltbewusstsein*, weil sie eine *verkehrte Welt* sind. Die Religion ist die allgemeine Theorie dieser Welt, ihr enzyklopädisches Kompendium, ihre Logik in populärer Form, ihr spiritualistischer Point d'honneur, ihr Enthusiasmus, ihre moralische Sanktion, ihre feierliche Ergänzung, ihr allgemeiner Trost- und Rechtfertigungsgrund. Sie ist die *fantastische Verwirklichung* des menschlichen Wesens, weil das *menschliche Wesen* keine wahre Wirklichkeit besitzt. Der Kampf gegen die Religion ist also mittelbar der Kampf gegen jene *Welt*, deren geistiges Aroma die Religion ist.

(TS 58 / MEW 1, 378)

*

Das *religiöse* Elend ist in einem der *Ausdruck* des wirklichen Elendes und in einem die *Protestation* gegen das wirkliche Elend. Die Religion ist der Seufzer der bedrängten Kreatur, das Gemüt einer herzlosen Welt, wie sie der Geist geistloser Zustände ist. Sie ist das *Opium* des Volkes.

(TS 58 / MEW 1, 378)

*

Die Aufhebung der Religion als des *illusorischen* Glücks des Volkes ist die Forderung seines *wirklichen* Glücks. Die Forderung, die Illusionen über einen Zustand aufzugeben, ist die *Forderung, einen Zustand aufzugeben, der der Illusionen bedarf.* Die Kritik der Religion ist also im *Keim* die *Kritik des Jammertals*, dessen *Heiligenschein* die Religion ist.

Die Kritik hat die imaginären Blumen an der Kette zerpflückt, nicht damit der Mensch die fantasielose, trostlose Kette trage, sondern damit er sie abwerfe und die lebendige Blume breche. Die Kritik der Religion enttäuscht den Menschen, damit er denke, handle, seine Wirklichkeit gestalte wie ein enttäuschter, zu Verstand gekommener Mensch, damit er sich um sich selbst und damit um seine wirkliche Sonne bewege. Die Religion ist nur die illusorische Sonne, die sich um den Menschen bewegt, solange er sich nicht um sich selbst bewegt.

Es ist also die *Aufgabe der Geschichte*, nachdem das *Jenseits der Wahrheit* verschwunden ist, die *Wahrheit des Diesseits* zu etablieren. Es ist zunächst die *Aufgabe der Philosophie*, die im Dienste der Geschichte steht, nachdem die *Heiligengestalt* der menschlichen Selbstentfremdung entlarvt ist, die Selbstentfremdung in ihren *unheiligen Gestalten* zu entlarven. Die Kritik des Himmels verwandelt sich damit in die Kritik der Erde, die *Kritik der*

Religion in die *Kritik des Rechts*, die *Kritik der Theologie* in die *Kritik der Politik*.

(TS 59 / MEW 1, 379)

*

Die Kritik der Religion endet mit der Lehre, dass der *Mensch das höchste Wesen für den Menschen* sei, also mit dem *kategorischen Imperativ, alle Verhältnisse umzuwerfen*, in denen der Mensch ein erniedrigtes, ein geknechtetes, ein verlassenes, ein verächtliches Wesen ist.

(TS 64 / MEW 1, 385)

*

Dennoch ist Nordamerika vorzugsweise das Land der Religiosität, wie Beaumont, Tocqueville und der Engländer Hamilton aus einem Munde versichern. Die nordamerikanischen Staaten gelten uns indes nur als Beispiel. Die Frage ist: Wie verhält sich die *vollendete* politische Emanzipation zur Religion? Finden wir selbst im Lande der vollendeten politischen Emanzipation nicht nur die *Existenz*, sondern die *lebensfrische*, die *lebenskräftige* Existenz der Religion, so ist der Beweis geführt, dass das Dasein der Religion der Vollendung des Staats nicht widerspricht. Da aber das Dasein der Religion das Dasein eines Mangels ist, so kann die Quelle dieses Mangels nur noch im *Wesen* des Staats selbst gesucht werden. Die Religion gilt uns nicht mehr als der *Grund*, sondern nur noch als das *Phänomen* der weltlichen Beschränktheit. Wir erklären daher die religiöse Befangenheit der freien Staatsbürger aus ihrer weltlichen Befangenheit. Wir behaupten nicht, dass sie ihre religiöse Beschränktheit aufheben müssen, um ihre weltlichen Schranken aufzuheben. Wir behaupten, dass sie ihre religiöse Beschränktheit aufheben, sobald sie ihre weltliche Schranke aufheben. Wir verwandeln nicht die weltlichen Fragen in theologische. Wir verwandeln die theologischen Fragen in weltliche. Nachdem die Geschichte lange genug in Aberglauben aufgelöst worden ist, lösen wir den Aberglauben in Geschichte auf. Die Frage von dem *Verhältnisse der politischen Emanzipation zur Religion* wird für uns die Frage von dem *Verhältnis der politischen Emanzipation zur menschlichen Emanzipation*. Wir kritisieren die religiöse Schwäche des politischen Staats, indem wir den politischen Staat, *abgesehen* von den religiösen Schwächen, in seiner *weltlichen* Konstruktion kritisieren. Den Widerspruch des Staats mit einer *bestimmten Religion*, etwa dem *Judentum*, vermenschlichen wir in den Widerspruch des Staats mit bestimmten *weltlichen* Elementen, den Widerspruch des Staats mit der *Religion überhaupt*, in den Widerspruch des Staats mit seinen *Voraussetzungen* überhaupt.

(TS 78–79 / MEW 1, 352–353)

*

Die *politische* Emanzipation des Juden, des Christen, überhaupt des *religiösen* Menschen, ist die *Emanzipation des Staats* vom Judentum, vom Christentum, überhaupt von der *Religion*. In seiner Form, in der seinem Wesen eigentümlichen Weise, als *Staat* emanzipiert sich der Staat von der Religion, indem er sich von der *Staatsreligion* emanzipiert, d. h. indem der Staat als Staat keine Religion bekennt, indem der Staat sich vielmehr als Staat bekennt.

Die *politische* Emanzipation von der Religion ist nicht die durchgeführte, die widerspruchslose Emanzipation von der Religion, weil die politische Emanzipation nicht die durchgeführte, die widerspruchslose Weise der *menschlichen* Emanzipation ist.

Die Grenze der politischen Emanzipation erscheint sogleich darin, dass der *Staat* sich von einer Schranke befreien kann, ohne dass der Mensch *wirklich* von ihr frei wäre, dass der Staat ein *Freistaat* sein kann, ohne dass der Mensch *ein freier Mensch* wäre. [...]

Der Staat kann sich also von der Religion emanzipiert haben, sogar wenn die *überwiegende Mehrzahl* noch religiös ist. Und die überwiegende Mehrzahl hört dadurch nicht auf, religiös zu sein, dass sie *privatim* religiös ist.

(TS 79 / MEW 1, 353)

*

Aber das Verhalten des Staats zur Religion, namentlich *des Freistaats*, ist doch nur das Verhalten der *Menschen*, die den Staat bilden, zur Religion. Es folgt hieraus, dass der Mensch durch das *Medium des Staats*, dass er *politisch* von einer Schranke sich befreit, indem er sich im Widerspruch mit sich selbst, indem er sich auf eine *abstrakte* und *beschränkte*, auf partielle Weise über diese Schranke erhebt. Es folgt ferner, dass der Mensch auf einem *Umweg*, durch ein *Medium*, wenn auch durch ein *notwendiges Medium* sich befreit, indem er sich *politisch* befreit. Es folgt endlich, dass der Mensch, selbst wenn er durch die Vermittlung des Staats sich als Atheisten proklamiert, immer noch religiös befangen bleibt, eben weil er sich nur auf einem Umweg, weil er nur durch ein Medium sich selbst anerkennt. Die Religion ist eben die Anerkennung des Menschen auf einem Umweg. Durch einen *Mittler*. Der Staat ist der Mittler zwischen dem Menschen und der Freiheit des Menschen. Wie Christus der Mittler ist, dem der Mensch seine ganze Göttlichkeit, seine ganze *religiöse Befangenheit* aufbürdet, so ist der Staat der Mittler, in den er seine ganze Ungöttlichkeit, seine ganze *menschliche Unbefangenheit* verlegt.

(TS 79–80 / MEW 1, 353–354)

*

Die politische Emanzipation von der Religion lässt die Religion bestehn, wenn auch keine privilegierte Religion. Der Widerspruch, in welchem sich der Anhänger einer besondern Religion mit seinem Staatsbürgertum befindet, ist nur *ein Teil* des allgemeinen *weltlichen Widerspruchs zwischen dem politischen Staat und der bürgerlichen Gesellschaft*. Die Vollendung des christlichen Staats ist der Staat, der sich als Staat bekennt und von der Religion seiner Glieder abstrahiert. Die Emanzipation des Staats von der Religion ist nicht die Emanzipation des wirklichen Menschen von der Religion.

(TS 85–86 / MEW 1, 361)

*

Der Mensch wurde daher nicht von der Religion befreit, er erhielt die Religionsfreiheit. Er wurde nicht vom Eigentum befreit. Er erhielt die Freiheit des Eigentums. Er wurde nicht von dem Egoismus des Gewerbes befreit, er erhielt die Gewerbefreiheit.

(TS 88 / MEW 1, 369)

*

Feuerbach geht aus von dem Faktum der religiösen Selbstentfremdung, der Verdoppelung der Welt in eine religiöse, vorgestellte und eine wirkliche Welt. Seine Arbeit besteht darin, die religiöse Welt in ihre weltliche Grundlage aufzulösen. Er übersieht, dass nach Vollbringung dieser Arbeit die Hauptsache noch zu tun bleibt. Die Tatsache nämlich, dass die weltliche Grundlage sich von sich selbst abhebt und sich, ein selbstständiges Reich, in den Wolken fixiert, ist eben nur aus der Selbstzerrissenheit und dem Sich-selbst-Widersprechen dieser weltlichen Grundlage zu erklären. Diese selbst muss also erstens in ihrem Widerspruch verstanden und sodann durch Beseitigung des Widerspruchs praktisch revolutioniert werden. Also z. B., nachdem die irdische Familie als das Geheimnis der heiligen Familie entdeckt ist, muss nun Erstere selbst theoretisch kritisiert und praktisch umgewälzt werden.

(TS 132 /MEW 3,6)

*

Feuerbach sieht daher nicht, dass das »religiöse Gemüt« selbst ein *gesellschaftliches Produkt* ist und dass das abstrakte Individuum, das er analysiert, in Wirklichkeit einer bestimmten Gesellschaftsform angehört.

(TS 133 / MEW 3, 7)

*

Für eine Gesellschaft von Warenproduzenten, deren allgemein gesellschaftliches Produktionsverhältnis darin besteht, sich zu ihren Produkten als Waren, also als Werten, zu verhalten und in dieser sachlichen Form ihre Privatarbeiten aufeinander zu beziehn als gleiche menschliche Arbeit, ist das Christentum mit seinem Kultus des abstrakten Menschen, namentlich in seiner bürgerlichen Entwicklung, dem Protestantismus, Deismus usw., die entsprechendste Religionsform. In den altasiatischen, antiken usw. Produktionsweisen spielt die Verwandlung des Produkts in Ware, und daher das Dasein der Menschen als Warenproduzenten, eine untergeordnete Rolle, die jedoch umso bedeutender wird, je mehr die Gemeinwesen in das Stadium ihres Untergangs treten. Eigentliche Handelsvölker existieren nur in den Intermundien* der alten Welt, wie Epikurs Götter oder wie Juden in den Poren der polnischen Gesellschaft. Jene alten gesellschaftlichen Produktionsorganismen sind außerordentlich viel einfacher und durchsichtiger als der bürgerliche, aber sie beruhen entweder auf der Unreife des individuellen Menschen, der sich von der Nabelschnur des natürlichen Gattungszusammenhangs mit andren noch nicht losgerissen hat, oder auf unmittelbaren Herrschafts- und Knechtschaftsverhältnissen. Sie sind bedingt durch eine niedrige Entwicklungsstufe der Produktivkräfte der Arbeit und entsprechend befangene Verhältnisse der Menschen innerhalb ihres materiellen Lebenserzeugungsprozesses, daher zueinander und zur Natur.

Diese wirkliche Befangenheit spiegelt sich ideell wider in den alten Natur- und Volksreligionen. Der religiöse Widerschein der wirklichen Welt kann überhaupt nur verschwinden, sobald die Verhältnisse des praktischen Werkeltagslebens den Menschen tagtäglich durchsichtig

---

* Bei den Intermundien handelt es sich laut Epikur um Räume zwischen den Welten, die von Göttern bewohnt werden.

vernünftige Beziehungen zueinander und zur Natur darstellen. Die Gestalt des gesellschaftlichen Lebensprozesses, d. h. des materiellen Produktionsprozesses, streift nur ihren mystischen Nebelschleier ab, sobald sie als Produkt frei vergesellschafteter Menschen unter deren bewusster planmäßiger Kontrolle steht. Dazu ist jedoch eine materielle Grundlage der Gesellschaft erheischt oder eine Reihe materieller Existenzbedingungen, welche selbst wieder das naturwüchsige Produkt einer langen und qualvollen Entwicklungsgeschichte sind.

(TS 256 / MEW 23, 93–94)

*

Die Technologie enthüllt das aktive Verhalten des Menschen zur Natur, den unmittelbaren Produktionsprozess seines Lebens, damit auch seiner gesellschaftlichen Lebensverhältnisse und der ihnen entquellenden geistigen Vorstellungen. Selbst alle Religionsgeschichte, die von dieser materiellen Basis abstrahiert, ist unkritisch. Es ist in der Tat viel leichter, durch Analyse den irdischen Kern der religiösen Nebelbildungen zu finden, als umgekehrt, aus den jedesmaligen wirklichen Lebensverhältnissen ihre verhimmelten Formen zu entwickeln. Die Letztre ist die einzig materialistische und daher wissenschaftliche Methode.

(MEW 23, 393)

Lügenpresse? Vonwegen!

Die freie Presse ist das überall offene Auge des Volksgeistes, das verkörperte Vertrauen eines Volkes zu sich selbst, das sprechende Band, das den Einzelnen mit dem Staat und der Welt verknüpft, die inkorporierte Kultur, welche die materiellen Kämpfe zu geistigen Kämpfen verklärt und ihre rohe stoffliche Gestalt idealisiert. Sie ist die rücksichtslose Beichte eines Volkes vor sich selbst, und bekanntlich ist die Kraft des Bekenntnisses erlösend. Sie ist der geistige Spiegel, in dem ein Volk sich erblickt, und Selbstbeschauung ist die erste Bedingung der Weisheit. Sie ist der Staatsgeist, der sich in jede Hütte kolportieren lässt, wohlfeiler als materielles Gas. Sie ist allseitig, allgegenwärtig, allwissend. Sie ist die ideale Welt, die stets aus der wirklichen quillt und, ein immer reicherer Geist, neu beseelend in sie zurückströmt.

(TS 36 / MEW 1, 60–61)

*

Die Pressfreiheit *macht* so wenig die »wandelbaren Zustände«, als das Fernglas des Astronomen die rastlose Bewegung des Weltsystems macht. Böse Astronomie! Was war das für eine schöne Zeit, als die Erde noch, wie ein ehrbarer bürgerlicher Mann, in der Mitte der Welt saß, ruhig irdene Pfeife schmauchte und nicht einmal ihr Licht sich selber anzustecken brauchte, da Sonne, Mond und Sterne als ebenso viele devote Nachtlampen und »schöne Sachen« um sie hertanzten.

(TS 36 /MEW 1, 66)

Marx und die Philosophen

Prometheus ist der vornehmste Heilige und Märtyrer im philosophischen Kalender.

(TS 30 / MEW 40, 263)

*

Der Schuster Jakob Böhme war ein großer Philosoph. Manche Philosophen von Ruf sind nur große Schuster.

(TS 41 / MEW 1, 72)

*

Allein die Philosophen wachsen nicht wie Pilze aus der Erde, sie sind die Früchte ihrer Zeit, ihres Volkes, dessen subtilste, kostbarste und unsichtbarste Säfte in den philosophischen Ideen roulieren. Derselbe Geist baut die philosophischen Systeme in dem Hirn der Philosophen, der die Eisenbahnen mit den Händen der Gewerke baut. Die Philosophie steht nicht außerhalb der Welt, so wenig das Gehirn außer dem Menschen steht …

(MEW 1, 97)

*

Weil jede wahre Philosophie die geistige Quintessenz ihrer Zeit ist, muss die Zeit kommen, wo die Philosophie nicht nur innerlich durch ihren Gehalt, sondern auch äußerlich durch ihre Erscheinung mit der wirklichen Welt ihrer Zeit in Berührung und Wechselwirkung tritt. Die Philosophie hört dann auf, ein bestimmtes System gegen andere bestimmte Systeme zu sein, sie wird die Philosophie überhaupt gegen die Welt, sie wird die Philosophie der gegenwärtigen Welt.

(MEW 1, 97–98)

*

Ihr könnt die Philosophie nicht aufheben, ohne sie zu verwirklichen.

(TS 62 / MEW 1, 384)

*

Wie die Philosophie im Proletariat ihre *materiellen*, so findet das Proletariat in der Philosophie seine *geistigen* Waffen, und sobald der Blitz des Gedankens gründlich in diesen naiven Volksboden eingeschlagen ist, wird sich die Emanzipation der *Deutschen* zu *Menschen* vollziehen.

(TS 69 / MEW 1, 391)

*

Der *Kopf* dieser Emanzipation ist die *Philosophie*, ihr *Herz* das *Proletariat*. Die Philosophie kann sich nicht verwirklichen ohne die Aufhebung des Proletariats, das Proletariat kann sich nicht aufheben ohne die Verwirklichung der Philosophie.

(TS 69 / MEW 1, 391)

Die Verhältnisse zum Tanzen bringen

Indessen ist das gerade wieder der Vorzug der neuen Richtung, dass wir nicht dogmatisch die Welt antizipieren, sondern erst aus der Kritik der alten Welt die neue finden wollen. Bisher hatten die Philosophen die Auflösung aller Rätsel in ihrem Pulte liegen, und die dumme exoterische Welt hatte nur das Maul aufzusperren, damit ihr die gebratenen Tauben der absoluten Wissenschaft in den Mund flogen.

(TS 50 / MEW 1, 344)

*

Die Reform des Bewusstseins besteht nur darin, dass man die Welt ihr Bewusstsein innewerden lässt, dass man sie aus dem Traum über sich selbst aufweckt, dass man ihre eignen Aktionen ihr erklärt. Unser ganzer Zweck kann in nichts anderem bestehn, wie dies auch bei Feuerbachs Kritik der Religion der Fall ist, als dass die religiösen und politischen Fragen in die selbstbewusste menschliche Form gebracht werden. Es wird sich dann zeigen, dass die Welt längst den Traum von einer Sache besitzt, von der sie nur das Bewusstsein besitzen muss, um sie wirklich zu besitzen. Es wird sich zeigen, dass es sich nicht um einen großen Gedankenstrich zwischen Vergangenheit und Zukunft handelt, sondern um die Vollziehung der Gedanken der Vergangenheit. Es wird sich endlich zeigen, dass die Menschheit keine neue Arbeit beginnt, sondern mit Bewusstsein ihre alte Arbeit zustande bringt.

(TS 52 / MEW 1, 346)

*

… man muss diese versteinerten Verhältnisse dadurch zum Tanzen zwingen, dass man ihnen ihre eigene Melodie vorsingt!

(TS 60 / MEW 1, 381)

*

Die Waffe der Kritik kann allerdings die Kritik der Waffen nicht ersetzen, die materielle Gewalt muss gestürzt werden durch materielle Gewalt, allein auch die Theorie wird zur materiellen Gewalt, sobald sie die Massen ergreift. Die Theorie ist fähig, die Massen zu ergreifen, sobald sie *ad hominem** demonstriert, und sie demonstriert *ad hominem*, sobald sie radikal wird. Radikal sein ist die Sache an der Wurzel fassen. Die Wurzel für den Menschen ist aber der Mensch selbst.

(TS 64 / MEW 1, 385)

*

* Am Menschen orientiert.

Die Revolutionen bedürfen nämlich eines passiven Elementes, einer *materiellen* Grundlage. Die Theorie wird in einem Volke immer nur so weit verwirklicht, als sie die Verwirklichung seiner Bedürfnisse ist. Wird nun dem ungeheuren Zwiespalt zwischen den Forderungen des deutschen Gedankens und den Antworten der deutschen Wirklichkeit derselbe Zwiespalt der bürgerlichen Gesellschaft mit dem Staat und mit sich selbst entsprechen? Werden die theoretischen Bedürfnisse unmittelbar praktische Bedürfnisse sein? Es genügt nicht, dass der Gedanke zur Verwirklichung drängt, die Wirklichkeit muss sich selbst zum Gedanken drängen.

(TS 65 / MEW 1, 386)

Marx und die Deutschen

Alle diese Versuche erinnern an jenen Turnlehrer, der als die beste Methode des Springunterrichts vorschlug, den Schüler an eine große Grube zu bringen und ihm nun durch einzelne Zwirnfäden anzuzeigen, wie weit er *über* die Grube springen dürfe. Versteht sich, der Schüler sollte sich erst im Springen üben und durfte den ersten Tag nicht über die ganze Grube wegsetzen, aber von Zeit zu Zeit sollte der Zwirnfaden weitergerückt werden. Leider fiel der Schüler bei der ersten Lektion in die Grube, und bisher ist er in der Grube liegengeblieben. Der Lehrer war ein Deutscher, und der Schüler nannte sich: »Freiheit«.

(TS 43 / MEW 1, 74–75)

*

Die Deutschen sind überhaupt zu Sentiments und Überschwänglichkeiten geneigt, sie haben ein tendre für die Musik der blauen Luft. Es ist also erfreulich, wenn ihnen die große Frage der Idee von einem derben, reellen, aus der nächsten Umgebung entlehnten Standpunkt demonstriert wird. Die Deutschen sind von Natur devotest, alleruntertänigst, ehrfurchtsvollst. Aus lauter Respekt vor den

Ideen verwirklichen sie dieselben nicht. Sie weihen ihnen einen Kultus der Anbetung, aber sie kultivieren dieselben nicht.

(TS 37–38 / MEW 1, 68)

*

Die Deutschen sind so besonnene Realisten, dass alle ihre Wünsche und ihre hochfliegenden Gedanken nicht über das kahle Leben hinausreichen. Und diese Wirklichkeit, nichts weiter, akzeptieren die, welche sie beherrschen.

(TS 49 / MEW 1, 399)

*

Ja, die deutsche Geschichte schmeichelt sich einer Bewegung, welche ihr kein Volk am historischen Himmel weder vorgemacht hat noch nachmachen wird. Wir haben nämlich die Restaurationen der modernen Völker geteilt, ohne ihre Revolutionen zu teilen. Wir wurden restauriert, erstens, weil andere Völker eine Revolution wagten, und zweitens, weil andere Völker eine Konterrevolution litten, das eine Mal, weil unsere Herren Furcht hatten, und das andere Mal, weil unsere Herren keine Furcht hatten. Wir, unsere Hirten an der Spitze, befanden uns immer nur einmal in der Gesellschaft der Freiheit, am *Tag ihrer Beerdigung.*

(TS 59–60 / MEW 1,379–380)

*

Wie die alten Völker ihre Vorgeschichte in der Imagination erlebten, in der *Mythologie*, so haben wir Deutsche unsere Nachgeschichte im Gedanken erlebt, in der *Philosophie*. Wir sind *philosophische* Zeitgenossen der Gegenwart, ohne ihre historischen Zeitgenossen zu sein. Die deutsche Philosophie ist die *ideale Verlängerung* der deutschen Geschichte.

(TS 61 / MEW 1, 383)

Die Geschichte: Tragödie und Farce

Das moderne *ancien régime* ist nur mehr der *Komödiant* einer Weltordnung, deren *wirkliche Helden* gestorben sind. Die Geschichte ist gründlich und macht viele Phasen durch, wenn sie eine alte Gestalt zu Grabe trägt. Die letzte Phase einer weltgeschichtlichen Gestalt ist ihre *Komödie.* Die Götter Griechenlands, die schon einmal tragisch zu Tode verwundet waren im gefesselten Prometheus des Äschilus, mussten noch einmal komisch sterben in den Gesprächen Lucians. Warum dieser Gang der Geschichte? Damit die Menschheit heiter von ihrer Vergangenheit scheide.

(TS 61 / MEW 1, 382)

*

Diese Geschichtsauffassung beruht also darauf, den wirklichen Produktionsprozess, und zwar von der materiellen Produktion des unmittelbaren Lebens ausgehend, zu entwickeln und die mit dieser Produktionsweise zusammenhängende und von ihr erzeugte Verkehrsform, also die bürgerliche Gesellschaft in ihren verschiedenen Stufen, als Grundlage der ganzen Geschichte aufzufassen und sie sowohl in ihrer Aktion als Staat darzustellen, wie die sämtlichen verschiedenen theoretischen Erzeugnisse und Formen des Bewusstseins, Religion, Philosophie, Moral etc. etc., aus ihr zu erklären und ihren Entstehungsprozess aus ihnen zu verfolgen, wo dann natürlich auch die Sache in ihrer Totalität (und darum auch die Wechselwirkung dieser verschiednen Seiten aufeinander) dargestellt werden kann. [...] Sie zeigt, dass die Geschichte nicht damit endigt, sich ins »Selbstbewusstsein«, als »Geist vom Geist« aufzulösen, sondern dass in ihr auf jeder Stufe ein materielles Resultat, eine Summe von Produktivkräften, ein historisch geschaffnes Verhältnis zur Natur und der Individuen zueinander sich vorfindet, die jeder Generation von ihrer Vorgängerin überliefert wird, eine Masse von Produktivkräften, Kapitalien und Umständen, die zwar einerseits von der neuen Generation modifiziert wird, ihr aber auch andererseits ihre Lebensbedingungen vorschreibt und ihr eine bestimmte Entwicklung, einen speziellen Charakter gibt – dass also die Umstände ebenso sehr die Menschen, wie die Menschen die Umstände machen. Diese Summe von Produktionskräften, Kapitalien und sozialen Verkehrsformen, die jedes Individuum und jede Generation als etwas Gegebenes vorfindet, ist der reale Grund dessen, was sich die Philosophie als »Substanz« und »Wesen des Menschen« vorgestellt, was sie apotheosiert und bekämpft haben

(TS 156–157 / MEW 3, 37–38)

*

Die ganze bisherige Geschichtsauffassung hat diese wirkliche Basis der Geschichte entweder ganz und gar unberücksichtigt gelassen oder sie nur als eine Nebensache betrachtet, die mit dem geschichtlichen Verlauf außer allem Zusammenhang steht. Die Geschichte muss daher immer nach einem außer ihr liegenden Maßstab geschrieben werden; die wirkliche Lebensproduktion erscheint als urgeschichtlich, während das Geschichtliche als das vom gemeinen Leben Getrennte, Extra-Überweltliche erscheint. Das Verhältnis der Menschen zur Natur ist hiermit von der Geschichte ausgeschlossen, wodurch der Gegensatz von Natur und Geschichte erzeugt wird. Sie hat daher in der Geschichte nur politische Haupt- und Staatsaktionen und religiöse und überhaupt theoretische Kämpfe sehen können und speziell bei jeder geschichtlichen Epoche *die Illusion dieser Epoche teilen* müssen. Z. B. bildet sich eine Epoche ein, durch rein »politische« oder »religiöse« Motive bestimmt zu werden, obgleich »Religion« und »Politik« nur Formen ihrer wirklichen Motive sind, so akzeptiert der Geschichtsschreiber diese Meinung. Die »Einbildung«, die »Vorstellung« dieser bestimmten Menschen über ihre wirkliche Praxis wird in die einzig bestimmende und aktive Macht verwandelt, welche die Praxis dieser Menschen beherrscht und bestimmt. Wenn die rohe Form, in der die Teilung der Arbeit bei den Indern und Ägyptern vorkommt, das Kastenwesen bei diesen Völkern in ihrem Staat und ihrer Religion hervorruft, so glaubt der Historiker, das Kastenwesen sei die Macht, welche diese rohe gesellschaftliche Form erzeugt habe. Während die Franzosen und Engländer wenigstens an der politischen Illusion, die der Wirklichkeit noch am nächsten steht, halten, bewegen sich die

Deutschen im Gebiete des »reinen Geistes« und machen die religiöse Illusion zur treibenden Kraft der Geschichte.

(TS 157–158 / MEW 3, 39)

*

Die Geschichte ist nichts als die Aufeinanderfolge der einzelnen Generationen, von denen jede die ihr von allen vorhergegangenen übermachten Materiale, Kapitalien, Produktionskräfte exploitiert, daher also einerseits unter ganz veränderten Umständen die überkommene Tätigkeit fortsetzt und andrerseits mit einer ganz veränderten Tätigkeit die alten Umstände modifiziert, was sich nun spekulativ so verdrehen lässt, dass die spätere Geschichte zum Zweck der früheren gemacht wird, zum Beispiel dass der Entdeckung Amerikas der Zweck zugrunde gelegt wird, der Französischen Revolution zum Durchbruch zu verhelfen, wodurch dann die Geschichte ihre aparten Zwecke erhält und eine »Person neben anderen Personen« (als da sind: »Selbstbewusstsein, Kritik, Einziger« etc.) wird, während das, was man mit den Worten »Bestimmung«, »Zweck«, »Keim«, »Idee« der früheren Geschichte bezeichnet, weiter nichts ist als eine Abstraktion von dem aktiven Einfluss, den die frühere Geschichte auf die spätere ausübt.

(TS 157–158 / MEW 3, 45)

*

Die Geschichte aller bisherigen Gesellschaft ist die Geschichte von Klassenkämpfen.

Freier und Sklave, Patrizier und Plebejer, Baron und Leibeigener, Zunftbürger und Gesell, kurz, Unterdrücker und Unterdrückte standen in stetem Gegensatz zueinander, führten einen ununterbrochenen, bald versteckten, bald offenen Kampf, einen Kampf, der jedes Mal mit einer revolutionären Umgestaltung der ganzen Gesellschaft endete oder mit dem gemeinsamen Untergang der kämpfenden Klassen.

In den früheren Epochen der Geschichte finden wir fast überall eine vollständige Gliederung der Gesellschaft in verschiedene Stände, eine mannigfaltige Abstufung der gesellschaftlichen Stellungen. Im alten Rom haben wir Patrizier, Ritter, Plebejer, Sklaven; im Mittelalter Feudalherren, Vasallen, Zunftbürger, Gesellen, Leibeigene, und noch dazu in fast jeder dieser Klassen besondere Abstufungen.

Die aus dem Untergang der feudalen Gesellschaft hervorgegangene moderne bürgerliche Gesellschaft hat die Klassengegensätze nicht aufgehoben. Sie hat nur neue Klassen, neue Bedingungen der Unterdrückung, neue Gestaltungen des Kampfes an die Stelle der alten gesetzt.

(TS 171 / MEW 4, 462–463)

*

Die Geschichte der ganzen bisherigen Gesellschaft bewegte sich in Klassengegensätzen, die in den verschiedensten Epochen verschieden gestaltet waren.

Welche Form sie aber auch immer angenommen, die Ausbeutung des einen Teils der Gesellschaft durch den andern ist eine allen vergangenen Jahrhunderten gemeinsame Tatsache. Kein Wunder daher, dass das gesellschaftliche Bewusstsein aller Jahrhunderte, aller Mannigfaltigkeit und Verschiedenheit zum Trotz, in gewissen gemeinsamen Formen sich bewegt, in Bewusstseinsformen, die nur mit dem gänzlichen Verschwinden des Klassengegensatzes sich vollständig auflösen.

(TS 189 / MEW 4,480–48)

*

Hegel bemerkt irgendwo, dass alle großen weltgeschichtlichen Tatsachen und Personen sich sozusagen zweimal ereignen. Er hat vergessen, hinzuzufügen: das eine Mal als Tragödie, das andere Mal als Farce.

(TS 195 / MEW 8, 115)

*

Die Menschen machen ihre eigene Geschichte, aber sie machen sie nicht aus freien Stücken, nicht unter selbstgewählten, sondern unter unmittelbar vorgefundenen, gegebenen und überlieferten Umständen. Die Tradition aller toten Geschlechter lastet wie ein Alp auf dem Gehirne der Lebenden. Und wenn sie eben damit beschäftigt scheinen, sich und die Dinge umzuwälzen, noch nicht Dagewesenes zu schaffen, gerade in solchen Epochen revolutionärer Krise beschwören sie ängstlich die Geister der Vergangenheit zu ihrem Dienste herauf, entlehnen ihnen Namen, Schlachtparole, Kostüm, um in dieser altehrwürdigen Verkleidung und mit dieser erborgten Sprache die neuen Weltgeschichtsszenen aufzuführen. So maskierte sich Luther als Apostel Paulus, die Revolution von 1789–1814 drapierte sich abwechselnd als römische Republik und als römisches Kaisertum, und die Revolution von 1848 wusste nichts Besseres zu tun, als hier 1789, dort die revolutionäre Überlieferung von 1793–1795 zu parodieren. So übersetzt der Anfänger, der eine neue Sprache erlernt hat, sie immer zurück in seine Muttersprache, aber den Geist der neuen Sprache hat er sich nur angeeignet, und frei in ihr zu produzieren vermag er nur, sobald er sich ohne Rückerinnerung in ihr bewegt und die ihm angestammte Sprache in ihr vergisst.

(TS 195–196 / MEW 8, 115)

*

Die bürgerliche Gesellschaft ist die entwickeltste und mannigfaltigste historische Organisation der Produktion. Die Kategorien, die ihre Verhältnisse ausdrücken, das Verständnis ihrer Gliederung, gewähren daher zugleich Einsicht in die Gliederung und die Produktionsverhältnisse aller der untergegangnen Gesellschaftsformen, mit deren Trümmern und Elementen sie sich aufgebaut, von denen teils noch unüberwundne Reste sich in ihr fortschleppen, bloße Andeutungen sich zu ausgebildeten Bedeutungen entwickelt haben etc. In der Anatomie des Menschen ist ein Schlüssel zur Anatomie des Affen. Die Andeutungen auf Höhres in den untergeordnetren Tierarten können dagegen nur verstanden werden, wenn das Höhere selbst schon bekannt ist. Die bürgerliche Ökonomie liefert so den Schlüssel zur antiken etc.

(TS 221 / Grundrisse, 25–26)

Marx und die »Pfaffen«

Deutschlands *revolutionäre* Vergangenheit ist nämlich theoretisch, es ist die *Reformation*. Wie damals der *Mönch*, so ist es jetzt der *Philosoph*, in dessen Hirn die Revolution beginnt.

Luther hat allerdings die Knechtschaft aus *Devotion* besiegt, weil er die Knechtschaft aus *Überzeugung* an ihre Stelle gesetzt hat. Er hat den Glauben an die Autorität gebrochen, weil er die Autorität des Glaubens restauriert hat. Er hat die Pfaffen in Laien verwandelt, weil er die Laien in Pfaffen verwandelt hat. Er hat den Menschen von der äußeren Religiosität befreit, weil er die Religiosität zum inneren Menschen gemacht hat. Er hat den Leib von der Kette emanzipiert, weil er das Herz an die Kette gelegt hat.

Aber, wenn der Protestantismus nicht die wahre Lösung, so war er die wahre Stellung der Aufgabe. Es galt nun nicht mehr den Kampf des Laien mit dem *Pfaffen außer ihm*, es galt den Kampf mit seinem *eigenen inneren Pfaffen*, seiner *pfäffischen Natur*. Und wenn die protestantische Verwandlung der deutschen Laien in Pfaffen die Laienpäpste, die *Fürsten* samt ihrer Klerisei, den Privilegierten und den Philistern, emanzipiert, so wird die philosophische Verwandlung der pfäffischen Deutschen in

Menschen das *Volk* emanzipieren. So wenig aber die Emanzipation bei den Fürsten, so wenig wird aber die *Säkularisation* der Güter bei dem *Kirchenraub* stehen bleiben, den vor allem das heuchlerische Preußen ins Werk setzte. Damals scheiterte der Bauernkrieg, die radikalste Tatsache der deutschen Geschichte, an der Theologie. Heute, wo die Theologie selbst gescheitert ist, wird die unfreieste Tatsache der deutschen Geschichte, unser *Status quo*, an der Philosophie zerschellen. Den Tag vor der Reformation war das offizielle Deutschland der unbedingteste Knecht von Rom. Den Tag vor seiner Revolution ist es der unbedingte Knecht von weniger als Rom, von Preußen und Österreich, von Krautjunkern und Philistern.

(TS 64–65 / MEW 1, 385–386)

*

Bei dieser Tour durch Belgien, Aufenthalt in Aachen und Fahrt den Rhein hinauf habe ich mich überzeugt, dass energisch, speziell in den katholischen Gegenden, gegen die Pfaffen losgegangen werden muss. Ich werde in diesem Sinne durch die Internationale wirken. Die Hunde kokettieren (z. B. Bischof Ketteler in Mainz*, die Pfaffen auf dem Düsseldorfer Kongress usw.), wo es passend scheint, mit der Arbeiterfrage. Wir haben in der Tat 1848

---

* Gemeint ist Wilhelm Emmanuel Freiherr von Ketteler (1811–1877), katholischer Bischof von Mainz, der sich als Mitglied der Zentrumspartei politisch für die Arbeiter einsetzte. Er gründete u. a. die katholische Arbeitnehmerbewegung, was ihm vonseiten der Bevölkerung den Namen »Arbeiterbischof« eintrug.

für sie gearbeitet, nur sie genossen die Früchte der Revolution während der Reaktionszeit.

(Marx an Engels 25. 9. 1869, MEGA 3. Abt. IV, 227)

*

Die sozialen Prinzipien des Christentums haben jetzt achtzehnhundert Jahre Zeit gehabt, sich zu entwickeln, und bedürfen keiner ferneren Entwicklung durch preußische Konsistorialräte*.

Die sozialen Prinzipien des Christentums haben die antike Sklaverei gerechtfertigt, die mittelalterliche Leibeigenschaft verherrlicht und verstehen sich ebenfalls im Notfall dazu, die Unterdrückung des Proletariats, wenn auch mit etwas jämmerlicher Miene, zu verteidigen.

Die sozialen Prinzipien des Christentums predigen die Notwendigkeit einer herrschenden und einer unterdrückten Klasse und haben für die letztere nur den frommen Wunsch, die erstere möge wohltätig sein.

Die sozialen Prinzipien des Christentums setzen die konsistorialrätliche Ausgleichung aller Infamien in den Himmel und rechtfertigen dadurch die Fortdauer dieser Infamien auf der Erde.

Die sozialen Prinzipien des Christentums erklären alle Niederträchtigkeiten der Unterdrücker gegen die Unterdrückten entweder für gerechte Strafe der Erbsünde und sonstiger Sünden oder für Prüfungen, die der Herr über die Erlösten nach seiner unendlichen Weisheit verhängt.

* In Preußen wurde unter dem Begriff »Konsistorium« eine kirchliche Verwaltungsbehörde verstanden, welche die bischöflichen und landesherrlichen Rechte des Fürsten/Königs sicherte.

Die sozialen Prinzipien des Christentums predigen die Feigheit, die Selbstverachtung, die Erniedrigung, die Unterwürfigkeit, die Demut, kurz alle Eigenschaften der Kanaille, und das Proletariat, das sich nicht als Kanaille behandelt wissen will, hat seinen Mut, sein Selbstgefühl, seinen Stolz und seinen Unabhängigkeitssinn noch viel nötiger als sein Brot.

Die sozialen Prinzipien des Christentums sind duckmäuserig, das Proletariat ist revolutionär.

(MEW 4, 200)

*

Wie der Pfaffe immer Hand in Hand ging mit dem Feudalen, so der pfäffische Sozialismus mit dem feudalistischen.

Nichts leichter, als dem christlichen Asketismus einen sozialistischen Anstrich zu geben. Hat das Christentum nicht auch gegen das Privateigentum, gegen die Ehe, gegen den Staat geeifert? Hat es nicht die Wohltätigkeit und den Bettel, das Zölibat und die Fleischesertötung, das Zellenleben und die Kirche an ihrer Stelle gepredigt? Der christliche Sozialismus ist nur das Weihwasser, womit der Pfaffe den Ärger des Aristokraten einsegnet.

(MEW 4, 483–484)

Das Proletariat

Wo also die *positive* Möglichkeit der deutschen Emanzipation?

Antwort: In der Bildung einer Klasse mit *radikalen Ketten*, einer Klasse der bürgerlichen Gesellschaft, welche keine Klasse der bürgerlichen Gesellschaft ist, eines Standes, welcher die Auflösung aller Stände ist, einer Sphäre, welche einen universellen Charakter durch ihre universellen Leiden besitzt und kein *besondres Recht* in Anspruch nimmt, weil kein *besondres Unrecht*, sondern das *Unrecht schlechthin* an ihr verübt wird, welche nicht mehr auf einen *historischen*, sondern nur noch auf den *menschlichen* Titel provozieren kann, welche in keinem einseitigen Gegensatz zu den Konsequenzen, sondern in einem allseitigen Gegensatz zu den Voraussetzungen des deutschen Staatswesens steht, einer Sphäre endlich, welche sich nicht emanzipieren kann, ohne sich von allen übrigen Sphären der Gesellschaft und damit alle übrigen Sphären der Gesellschaft zu emanzipieren, welche mit einem Wort der *völlige Verlust* des Menschen ist, also nur durch die *völlige Wiedergewinnung des Menschen* sich selbst gewinnen kann. Diese Auflösung der Gesellschaft als ein besondrer Stand ist das *Proletariat*.

(TS 68 / MEW 1, 390)

*

Wenn das Proletariat die *Auflösung der bisherigen Weltordnung* verkündet, so spricht es nur das Geheimnis seines eignen Daseins aus, denn es ist die *faktische* Auflösung dieser Weltordnung. Wenn das Proletariat die *Negation des Privateigentums* verlangt, so erhebt es nur zum Prinzip der Gesellschaft, was die Gesellschaft zu *seinem* Prinzip erhoben hat, was in *ihm* als negatives Resultat der Gesellschaft schon ohne sein Zutun verkörpert ist. Der Proletarier befindet sich dann in Bezug auf die werdende Welt in demselben Recht, in welchem der *deutsche König* in Bezug auf die gewordene Welt sich befindet, wenn er das Volk *sein* Volk wie das Pferd *sein* Pferd nennt. Der König, indem er das Volk für sein Privateigentum erklärt, spricht es nur aus, dass der Privateigentümer König ist.

(TS 68–69 / MEW 1, 391)

*

Unsere Epoche, die Epoche der Bourgeoisie, zeichnet sich jedoch dadurch aus, dass sie die Klassengegensätze vereinfacht hat. Die ganze Gesellschaft spaltet sich mehr und mehr in zwei große feindliche Lager, in zwei große, einander direkt gegenüberstehende Klassen: Bourgeois und Proletarier.

(TS 171 / MEW 4, 463)

*

Aber die Bourgeoisie hat nicht nur die Waffen geschmiedet, die ihr den Tod bringen; sie hat auch die Männer gezeugt, die diese Waffen führen werden – die modernen Arbeiter, die *Proletarier.*

In demselben Maße, worin sich die Bourgeoisie, d. h. das Kapital, entwickelt, in demselben Maße entwickelt sich das Proletariat, die Klasse der modernen Arbeiter, die nur so lange leben, als sie Arbeit finden, und die nur so lange Arbeit finden, als ihre Arbeit das Kapital vermehrt. Diese Arbeiter, die sich stückweis verkaufen müssen, sind eine Ware wie jeder andere Handelsartikel und daher gleichmäßig allen Wechselfällen der Konkurrenz, allen Schwankungen des Marktes ausgesetzt.

Die Arbeit der Proletarier hat durch die Ausdehnung der Maschinerie und die Teilung der Arbeit allen selbstständigen Charakter und damit allen Reiz für die Arbeiter verloren. Er wird ein bloßes Zubehör der Maschine, von der nur der einfachste, eintönigste, am leichtesten erlernbare Handgriff verlangt wird. Die Kosten, die der Arbeiter verursacht, beschränken sich daher fast nur auf die Lebensmittel, die er zu seinem Unterhalt und zur Fortpflanzung seiner Rasse bedarf. Der Preis einer Ware, also auch der Arbeit, ist aber gleich ihren Produktionskosten. In demselben Maße, in dem die Widerwärtigkeit der Arbeit wächst, nimmt daher der Lohn ab. Noch mehr, in demselben Maße, wie Maschinerie und Teilung der Arbeit zunehmen, in demselben Maße nimmt auch die Masse der Arbeit zu, sei es durch Vermehrung der Arbeitsstunden, sei es durch Vermehrung der in einer gegebenen Zeit geforderten Arbeit, beschleunigten Lauf der Maschinen usw.

(TS 177 / MEW 4, 468–469)

*

Alle früheren Klassen, die sich die Herrschaft eroberten, suchten ihre schon erworbene Lebensstellung zu sichern, indem sie die ganze Gesellschaft den Bedingungen ihres Erwerbs unterwarfen. Die Proletarier können sich die gesellschaftlichen Produktivkräfte nur erobern, indem sie ihre eigene bisherige Aneignungsweise und damit die ganze bisherige Aneignungsweise abschaffen. Die Proletarier haben nichts von dem Ihrigen zu sichern, sie haben alle bisherigen Privatsicherheiten und Privatversicherungen zu zerstören.

Alle bisherigen Bewegungen waren Bewegungen von Minoritäten oder im Interesse von Minoritäten. Die proletarische Bewegung ist die selbstständige Bewegung der ungeheuren Mehrzahl im Interesse der ungeheuren Mehrzahl. Das Proletariat, die unterste Schicht der proletarischen Gesellschaft, kann sich nicht erheben, nicht aufrichten, ohne dass der ganze Überbau der Schichten, die die offizielle Gesellschaft bilden, in die Luft gesprengt wird.

(TS 181 / MEW 4, 472–473)

*

Mögen die herrschenden Klassen vor einer kommunistischen Revolution zittern. Die Proletarier haben nichts zu verlieren als ihre Ketten. Sie haben eine Welt zu gewinnen.

Proletarier aller Länder, vereinigt euch!

(TS 192 / MEW 4, 493)

Bourgeois und Citoyen

Der vollendete politische Staat ist seinem Wesen nach das *Gattungsleben* des Menschen im *Gegensatz* zu seinem materiellen Leben. Alle Voraussetzungen dieses egoistischen Lebens bleiben *außerhalb* der Staatssphäre in der *bürgerlichen Gesellschaft* bestehen, aber als Eigenschaften der bürgerlichen Gesellschaft. Wo der politische Staat seine wahre Ausbildung erreicht hat, führt der Mensch nicht nur in Gedanken, im Bewusstsein, sondern in der *Wirklichkeit*, im *Leben* ein doppeltes, ein himmlisches und ein irdisches Leben, das Leben im *politischen Gemeinwesen*, worin er sich als *Gemeinwesen* gilt, und das Leben in der *bürgerlichen Gesellschaft*, worin er als *Privatmensch* tätig ist, die andern Menschen als Mittel betrachtet, sich selbst zum Mittel herabwürdigt und zum Spielball fremder Mächte wird. Der politische Staat verhält sich ebenso spiritualistisch zur bürgerlichen Gesellschaft wie der Himmel zur Erde. Er steht in demselben Gegensatz zu ihr, er überwindet sie in derselben Weise wie die Religion die Beschränktheit der profanen Welt, d. h., indem er sie ebenfalls wieder anerkennen, herstellen, sich selbst von ihr beherrschen lassen muss. Der Mensch in seiner *nächsten* Wirklichkeit, in der bürgerlichen Gesellschaft, ist ein profanes Wesen. Hier, wo er als wirkliches Individuum sich selbst und andern gilt, ist er eine *unwahre* Erscheinung. In dem Staat dagegen, wo der Mensch als Gattungswesen gilt, ist er das imaginäre Glied einer eingebildeten Souveränität, ist er seines wirklichen individuellen Lebens beraubt und mit einer unwirklichen Allgemeinheit erfüllt.

Der Konflikt, in welchem sich der Mensch als Bekenner einer *besondern* Religion mit seinem Staatsbürgertum, mit den andern Menschen als Gliedern des Gemeinwesens befindet, reduziert sich auf die *weltliche* Spaltung zwischen dem *politischen* Staat und der *bürgerlichen Gesellschaft*. Für den Menschen als *bourgeois* ist das »Leben im Staate nur Schein oder eine momentane Ausnahme gegen das Wesen und die Regel«. Allerdings bleibt der *bourgeois*, wie der Jude, nur sophistisch im Staatsleben, wie der *citoyen* nur sophistisch Jude oder *bourgeois* bleibt; aber diese Sophistik ist nicht persönlich. Sie ist die *Sophistik des politischen Staates* selbst. Die Differenz zwischen dem religiösen Menschen und dem Staatsbürger ist die Differenz zwischen dem Kaufmann und dem Staatsbürger, zwischen dem Taglöhner und dem Staatsbürger, zwischen dem Grundbesitzer und dem Staatsbürger, zwischen dem *lebendigen Individuum* und dem *Staatsbürger*. Der Widerspruch, in dem sich der religiöse Mensch mit dem politischen Menschen befindet, ist derselbe Widerspruch, in welchem sich der *bourgeois* mit dem *citoyen*, in welchem sich das Mitglied der bürgerlichen Gesellschaft mit seiner *politischen Löwenhaut* befindet.

(TS 81–82 / MEW 1, 354–355)

*

Die Bourgeoisie hat in der Geschichte eine höchst revolutionäre Rolle gespielt.

Die Bourgeoisie, wo sie zur Herrschaft gekommen, hat alle feudalen, patriarchalischen, idyllischen Verhältnisse zerstört. Sie hat die buntscheckigen Feudalbande, die den Menschen an seinen natürlichen Vorgesetzten knüpften, unbarmherzig zerrissen und kein anderes Band zwischen Mensch und Mensch übrig gelassen als das nackte Interesse, als die gefühllose »bare Zahlung«. Sie hat die heiligen Schauer der frommen Schwärmerei, der ritterlichen Begeisterung, der spießbürgerlichen Wehmut in dem eiskalten Wasser egoistischer Berechnung ertränkt. Sie hat die persönliche Würde in den Tauschwert aufgelöst und an die Stelle der zahllosen verbrieften und wohlerworbenen Freiheiten die eine gewissenlose Handelsfreiheit gesetzt. Sie hat, mit einem Wort, an die Stelle der mit religiösen und politischen Illusionen verhüllten Ausbeutung die offene, unverschämte, direkte, dürre Ausbeutung gesetzt.

Die Bourgeoisie hat alle bisher ehrwürdigen und mit frommer Scheu betrachteten Tätigkeiten ihres Heiligenscheins entkleidet. Sie hat den Arzt, den Juristen, den Pfaffen, den Poeten, den Mann der Wissenschaft in ihre bezahlten Lohnarbeiter verwandelt.

Die Bourgeoisie hat dem bezahlten Familienverhältnis seinen rührend-sentimentalen Schleier abgerissen und es auf ein reines Geldverhältnis zurückgeführt.

Die Bourgeoisie hat enthüllt, wie die brutale Kraftäußerung, die die Reaktion so sehr am Mittelalter bewundert, in der trägsten Bärenhäuterei ihre passende Ergänzung fand. Erst sie hat bewiesen, was die Tätigkeit der Menschen zustande bringen kann. Sie hat ganz andere Wunderwerke vollbracht als ägyptische Pyramiden, römische Wasserleitungen und gotische Kathedralen, sie hat ganz andere Züge ausgeführt als Völkerwanderungen und Kreuzzüge.

Die Bourgeoisie kann nicht existieren, ohne die Produktionsinstrumente, also die Produktionsverhältnisse, also sämtliche gesellschaftlichen Verhältnisse fortwährend zu revolutionieren. Unveränderte Beibehaltung der alten Produktionsweise war dagegen die erste Existenzbedingung aller früheren industriellen Klassen. Die fortwährende Umwälzung der Produktion, die ununterbrochene Erschütterung aller gesellschaftlichen Zustände, die ewige Unsicherheit und Bewegung zeichnet die Bourgeoisepoche vor allen anderen aus. Alle festen eingerosteten Verhältnisse mit ihrem Gefolge von altehrwürdigen Vorstellungen und Anschauungen werden aufgelöst, alle neugebildeten veralten, ehe sie verknöchern können. Alles Ständische und Stehende verdampft, alles Heilige wird entweiht, und die Menschen sind endlich gezwungen, ihre Lebensstellung, ihre gegenseitigen Beziehungen mit nüchternen Augen anzusehen.

(TS 172–174 / MEW 4, 464–465)

*

Die Bourgeoisie reißt durch die rasche Verbesserung aller Produktionsinstrumente, durch die unendlich erleichterte Kommunikation alle, auch die barbarischsten Nationen in die Zivilisation. Die wohlfeilen Preise ihrer Waren sind die schwere Artillerie, mit der sie alle chinesischen Mauern in den Grund schießt, mit der sie den hartnäckigsten Fremdenhass der Barbaren zur Kapitulation zwingt. Sie zwingt alle Nationen, die Produktionsweise der Bourgeoisie sich anzueignen, wenn sie nicht zugrunde gehen wollen; sie zwingt sie, die sogenannte Zivilisation bei sich selbst einzuführen, d. h. Bourgeois zu werden. Mit einem Wort, sie schafft sich eine Welt nach ihrem eigenen Bilde.

(TS 174 / MEW 4, 466)

*

Die Produktions- und Verkehrsmittel, auf deren Grundlage sich die Bourgeoisie heranbildete, wurden in der feudalen Gesellschaft erzeugt. Auf einer gewissen Stufe der Entwicklung dieser Produktions- und Verkehrsmittel entsprachen die Verhältnisse, worin die feudale Gesellschaft produzierte und austauschte, die feudale Organisation der Agrikultur und Manufaktur, mit einem Wort die feudalen Eigentumsverhältnisse den schon entwickelten Produktivkräften nicht mehr. Sie hemmten die Produktion, statt sie zu fördern. Sie verwandelten sich in ebenso viele Fesseln. Sie mussten gesprengt werden, sie wurden gesprengt.

(TS 175 / MEW 4, 467)

Emanzipation

Die *politische* Emanzipation ist allerdings ein großer Fortschritt, sie ist zwar nicht die letzte Form der menschlichen Emanzipation überhaupt, aber sie ist die letzte Form der menschlichen Emanzipation *innerhalb* der bisherigen Weltordnung. Es versteht sich: Wir sprechen hier von wirklicher, von praktischer Emanzipation.

Der Mensch emanzipiert sich *politisch* von der Religion, indem er sie aus dem öffentlichen Recht in das Privatrecht verbannt. Sie ist nicht mehr der Geist des *Staats*, wo der Mensch – wenn auch in beschränkter Weise, unter besonderer Form und in einer besondern Sphäre – sich als Gattungswesen verhält, in Gemeinschaft mit andern Menschen, sie ist zum Geist der *bürgerlichen Gesellschaft* geworden, der Sphäre des Egoismus, des *bellum omium contra omnes**. Sie ist nicht mehr das Wesen der *Gemeinschaft*, sondern das Wesen des *Unterschieds*. Sie ist zum Ausdruck der *Trennung* des Menschen von seinem *Gemeinwesen*, von sich und den andern Menschen geworden – was sie *ursprünglich* war. Sie ist nur noch das abstrakte Bekenntnis der besondern Verkehrtheit, der *Privatschrulle*, der Willkür. Die unendliche Zersplitterung

---

* Des Krieges aller gegen alle.

der Religion in Nordamerika z. B. gibt ihr schon *äußerlich* die Form einer rein individuellen Angelegenheit. Sie ist unter die Zahl der Privatinteressen hinabgestoßen und aus dem Gemeinwesen als Gemeinwesen exiliert. Aber man täusche sich nicht über die Grenze der politischen Emanzipation. Die Spaltung des Menschen in den *öffentlichen* und in den *Privatmenschen*, die *Dislokation* der Religion aus dem Staate in die bürgerliche Gesellschaft, sie ist nicht eine Stufe, sie ist die *Vollendung* der politischen Emanzipation, die also die *wirkliche* Religiosität des Menschen ebenso wenig aufhebt als aufzuheben anstrebt.

(TS 82–83 / MEW 1, 356–357)

*

Alle Emanzipation ist *Zurückführung* der menschlichen Welt, der Verhältnisse, auf den *Menschen selbst.*

Die politische Emanzipation ist die Reduktion des Menschen, einerseits auf das Mitglied der bürgerlichen Gesellschaft, auf das *egoistische unabhängige* Individuum, andrerseits auf den *Staatsbürger*, auf die moralische Person.

Erst wenn der wirkliche individuelle Mensch den abstrakten Staatsbürger in sich zurücknimmt und als individueller Mensch in seinem empirischen Leben, in seiner individuellen Arbeit, in seinen individuellen Verhältnissen, *Gattungswesen* geworden ist, erst wenn der Mensch seine »forces propres«* als *gesellschaftliche* Kräfte erkannt

* Eigenen Kräfte.

und organisiert hat und daher die gesellschaftliche Kraft nicht mehr in der Gestalt der *politischen* Kraft von sich trennt, erst dann ist die menschliche Emanzipation vollbracht.

(TS 89 / MEW 1, 370)

Der Staat

Ihr mögt das Dilemma beantworten, wie ihr wollt, und werdet gestehen müssen, dass der Staat nicht aus der Religion, sondern aus der Vernunft der Freiheit zu konstituieren ist. […] So wenig ihr den Arzt fragt, ob er gläubig sei, so wenig habt ihr den Politiker zu fragen.

(MEW 1, 103)

*

Die *Zersetzung* des Menschen in den Juden und in den Staatsbürger, in den Protestanten und in den Staatsbürger, in den religiösen Menschen und in den Staatsbürger, diese Zersetzung ist keine Lüge *gegen* das Staatsbürgertum, sie ist keine Umgehung der politischen Emanzipation, sie *ist die politische Emanzipation selbst*, sie ist die *politische* Weise, sich von der Religion zu emanzipieren.

(TS 83 / MEW 1, 357)

*

Ja, nicht der sogenannte *christliche* Staat, der das Christentum als seine Grundlage, als Staatsreligion bekennt und sich daher ausschließend zu andern Religionen verhält, ist der vollendete christliche Staat, sondern vielmehr der *atheistische* Staat, der *demokratische* Staat, der Staat, der die Religion unter die übrigen Elemente der bürgerlichen Gesellschaft verweist. Dem Staat, der noch Theologie ist, der noch das Glaubensbekenntnis des Christentums auf offizielle Weise ablegt, der sich noch nicht *als Staat* zu proklamieren wagt, ihm ist es noch nicht gelungen, in *weltlicher*, *menschlicher* Form, in seiner *Wirklichkeit* als Staat die *menschliche* Grundlage auszudrücken, deren überschwänglicher Ausdruck das Christentum ist. Der sogenannte christliche Staat ist nur einfach der *Nichtstaat*, weil nicht das Christentum als Religion, sondern nur der *menschliche Hintergrund* der christlichen Religion in wirklich menschlichen Schöpfungen sich ausführen kann.

Der sogenannte christliche Staat ist die christliche Verneinung des Staats, aber keineswegs die staatliche Verwirklichung des Christentums. Der Staat, der das Christentum noch in der Form der Religion bekennt, bekennt es noch nicht in der Form des Staats, denn er verhält sich noch religiös zu der Religion, d. h. er ist nicht die *wirkliche Ausführung* des menschlichen Grundes der Religion, weil er noch auf die *Unwirklichkeit*, auf die *imaginäre* Gestalt dieses menschlichen Kernes provoziert. Der sogenannte christliche Staat ist der *unvollkommene* Staat, und die christliche Religion gilt ihm als *Ergänzung* und als *Heiligung* seiner Unvollkommenheit. Die Religion wird ihm daher notwendig zum *Mittel*, und er ist der Staat der *Heuchelei*. Es ist ein großer Unterschied, ob der *vollendete* Staat wegen des Mangels, der im allgemeinen *Wesen* des Staats liegt, die Religion unter seine *Voraussetzungen* zählt, oder ob der *unvollendete Staat* wegen des Mangels, der in seiner *besondern Existenz* liegt, als mangelhafter Staat, die Religion für seine Grundlage erklärt. Im letztern Fall wird die Religion zur *unvollkommenen Politik*. Im ersten Fall zeigt sich die Unvollkommenheit selbst der vollendeten *Politik* in der Religion. Der sogenannte christliche Staat bedarf der christlichen Religion, um sich *als Staat* zu vervollständigen. Der demokratische Staat, der wirkliche Staat, bedarf nicht der Religion zu seiner politischen Vervollständigung. Er kann vielmehr von der Religion abstrahieren, weil in ihm die menschliche Grundlage der Religion auf weltliche Weise ausgeführt ist. Der sogenannte christliche Staat verhält sich dagegen politisch zur Religion und religiös zur Politik. Wenn er die Staatsform zum Schein herabsetzt, so setzt er ebenso sehr die Religion zum Schein herab.

(TS 83–84 / MEW 1, 357–358)

*

Religiös sind die Glieder des politischen Staats durch den Dualismus zwischen dem individuellen und dem Gattungsleben, zwischen dem Leben der bürgerlichen Gesellschaft und dem politischen Leben, religiös, indem der Mensch sich zu dem seiner wirklichen Individualität jenseitigen Staatsleben als seinem wahren Leben verhält, religiös, insofern die Religion hier der Geist der bürgerlichen Gesellschaft, der Ausdruck der Trennung und der Entfernung des Menschen vom Menschen ist. Christlich ist die politische Demokratie, indem in ihr der Mensch, nicht nur ein Mensch, sondern jeder Mensch, als *souveränes*, als höchstes Wesen gilt, aber der Mensch in seiner unkultivierten, unsozialen Erscheinung, der Mensch in seiner zufälligen Existenz, der Mensch, wie er geht und steht, der Mensch, wie er durch die ganze Organisation unserer Gesellschaft verdorben, sich selbst verloren, veräußert, unter die Herrschaft unmenschlicher Verhältnisse und Elemente gegeben ist, mit einem Wort, der Mensch, der noch kein *wirkliches* Gattungswesen ist. Das Fantasiegebild, der Traum, das Postulat des Christentums, die Souveränität des Menschen, aber als eines fremden, von dem wirklichen Menschen unterschiedenen Wesens, ist in der Demokratie sinnliche Wirklichkeit, Gegenwart, weltliche Maxime.

(TS 85 / MEW 1, 360–361)

*

Die moderne Staatsgewalt ist nur ein Ausschuss, der die gemeinschaftlichen Geschäfte der ganzen Bourgeoisklasse verwaltet.

(TS 172 / MEW 4, 464)

Entfremdung und Fetisch

Der Arbeiter wird umso ärmer, je mehr Reichtum er produziert, je mehr seine Produktion an Macht und Umfang zunimmt. Der Arbeiter wird eine umso wohlfeilere Ware, je mehr Waren er schafft. Mit der *Verwertung* der Sachenwelt nimmt die *Entwertung* der Menschenwelt in direktem Verhältnis zu. Die Arbeit produziert nicht nur Waren; sie produziert sich selbst und den Arbeiter als eine *Ware*, und zwar in dem Verhältnis, in welchen sie überhaupt Waren produziert.

(TS 96 / MEW 40, 511)

*

Der Gegenstand, den die Arbeit produziert, ihr Produkt, tritt ihr als ein *fremdes Wesen*, als eine von den Produzenten *unabhängige Macht* gegenüber. Das Produkt der Arbeit ist die Arbeit, die sich in einem Gegenstand fixiert, sachlich gemacht hat, es ist die *Vergegenständlichung* der Arbeit. Die Verwirklichung der Arbeit ist ihre Vergegenständlichung. Diese Verwirklichung der Arbeit erscheint in dem nationalökonomischen Zustand als *Entwirkli-*

chung des Arbeiters, die Vergegenständlichung als *Verlust und Knechtschaft des Gegenstandes*, die Aneignung als *Entfremdung*, als *Entäußerung*.

(TS 96–97 / MEW 40, 511–512)

*

Die Verwirklichung der Arbeit erscheint so sehr als Entwirklichung, dass der Arbeiter bis zum Hungertod entwirklicht wird. Die Vergegenständlichung erscheint so sehr als Verlust des Gegenstandes, dass der Arbeiter der notwendigsten Gegenstände nicht nur des Lebens, sondern auch der Arbeitsgegenstände, beraubt ist. Ja, die Arbeit selbst wird zu einem Gegenstand, dessen er nur mit der größten Anstrengung und mit den unregelmäßigsten Unterbrechungen sich bemächtigen kann. Die Aneignung des Gegenstandes erscheint so sehr als Entfremdung, dass, je mehr Gegenstände der Arbeiter produziert, er umso weniger besitzen kann und umso mehr unter die Herrschaft seines Produkts, des Kapitals, gerät.

(TS 97 / MEW 40, 512)

*

Je mehr der Arbeiter sich ausarbeitet, umso mächtiger wird die fremde, gegenständliche Welt, die er sich gegenüber schafft, umso ärmer wird er selbst, seine innre Welt, umso weniger gehört ihm zu eigen. Es ist ebenso in der Religion: Je mehr der Mensch in Gott setzt, je weniger behält er in sich selbst. Der Arbeiter legt sein Leben in den Gegenstand; aber nun gehört es nicht mehr ihm, sondern dem Gegenstand. Je größer also diese Tätigkeit, umso ge-

genstandsloser ist der Arbeiter. Was das Produkt seiner Arbeit ist, ist er nicht. Je größer also dies Produkt, je weniger er selbst. Die *Entäußerung* des Arbeiters in seinem Produkt hat die Bedeutung, nicht nur, dass seine Arbeit zu einem Gegenstand, zu einer *äußern* Existenz wird, sondern dass sie *außer ihm*, unabhängig, fremd von ihm existiert und eine selbstständige Macht ihm gegenüber wird, dass das Leben, was er dem Gegenstand verliehn hat, ihm feindlich und fremd gegenübertritt.

(TS 97 / MEW 40, 512)

*

Die Entfremdung des Arbeiters in seinem Gegenstand drückt sich nach nationalökonomischen Gesetzen so aus, dass, je mehr der Arbeiter produziert, er umso weniger zu konsumieren hat, dass, je mehr Werte er schafft, er umso wertloser, umso unwürdiger wird, dass, je geformter sein Produkt, umso missförmiger der Arbeiter, dass, je zivilisierter sein Gegenstand, umso barbarischer der Arbeiter, dass, umso mächtiger die Arbeit, umso ohnmächtiger der Arbeiter wird, dass, je geistreicher die Arbeit, umso mehr geistloser und Naturknecht der Arbeiter wird

(TS 98 / MEW 40, 513)

*

Allerdings, die Arbeit produziert Wunderwerke für die Reichen, aber sie produziert Entblößung für den Arbeiter. Sie produziert Paläste, aber Höhlen für den Arbeiter. Sie produziert Schönheit, aber Verkrüppelung für den Arbeiter. Sie ersetzt die Arbeit durch Maschinen, aber sie wirft einen Teil der Arbeiter zu einer barbarischen Arbeit zurück und macht den andern Teil zur Maschine. Sie produziert Geist, aber sie produziert Blödsinn, Kretinismus für den Arbeiter.

(TS 98 / MEW 40, 513)

*

Worin besteht nun die Entäußerung der Arbeit?

Erstens, dass die Arbeit dem Arbeiter *äußerlich* ist, das heißt nicht zu seinem Wesen gehört, dass er sich daher in seiner Arbeit nicht bejaht, sondern verneint, nicht wohl, sondern unglücklich fühlt, keine freie physische und geistige Energie entwickelt, sondern seine Physis abkasteit und seinen Geist ruiniert. Der Arbeiter fühlt sich daher erst außer der Arbeit bei sich und in der Arbeit außer sich. Zu Hause ist er, wenn er nicht arbeitet, und wenn er arbeitet, ist er nicht zu Hause. Seine Arbeit ist daher nicht freiwillig, sondern gezwungen, *Zwangsarbeit*. Sie ist daher nicht die Befriedigung eines Bedürfnisses, sondern sie ist nur ein *Mittel*, um die Bedürfnisse außer ihr zu befriedigen. Ihre Fremdheit tritt darin rein hervor, dass, sobald kein physischer oder sonstiger Zwang existiert, die Arbeit als eine Pest geflohen wird. Die äußerliche Arbeit, die Arbeit, in welcher der Mensch sich entäußert, ist eine Arbeit der Selbstaufopferung, der Kasteiung. Endlich erscheint die Äußerlichkeit der Arbeit für den Arbeiter darin, dass sie nicht sein eigen, sondern eines andern ist, dass sie ihm nicht gehört, dass er in ihr nicht sich selbst, sondern einem andern angehört. Wie in der Religion die Selbsttätigkeit der menschlichen Fantasie, des menschlichen Hirns und des menschlichen Herzens unabhängig vom Individuum, das heißt als eine fremde, göttliche oder teuflische Tätigkeit auf es wirkt, so ist die Tätigkeit des Arbeiters nicht seine Selbsttätigkeit. Sie gehört einem andren, sie ist der Verlust seiner selbst.

(TS 99–100 / MEW 40, 514)

*

Eine unmittelbare Konsequenz davon, dass der Mensch dem Produkt seiner Arbeit, seiner Lebenstätigkeit, seinem Gattungswesen entfremdet ist, ist die *Entfremdung des Menschen von dem Menschen.* Wenn der Mensch sich selbst gegenübersteht, so steht ihm der *andre* Mensch gegenüber. Was von dem Verhältnis des Menschen zu seiner Arbeit, zum Produkt seiner Arbeit und zu sich selbst, das gilt von dem Verhältnis des Menschen zum anderen Menschen, wie zur Arbeit und dem Gegenstand der Arbeit des anderen Menschen.

Überhaupt, der Satz, dass dem Menschen sein Gattungswesen entfremdet ist, heißt, dass ein Mensch dem andren, wie jeder von ihnen dem menschlichen Wesen entfremdet ist.

Die Entfremdung des Menschen, überhaupt jedes Verhältnis, in dem der Mensch zu sich selbst steht, ist erst verwirklicht, drückt sich aus in dem Verhältnis, in welchem der Mensch zu den andren Menschen steht.

(TS 103 / MEW 40, 517–518)

*

Die soziale Macht, das heißt die vervielfachte Produktionskraft, die durch das in der Teilung der Arbeit bedingte Zusammenwirken der verschiedenen Individuen entsteht, erscheint diesen Individuen, weil das Zusammenwirken selbst nicht freiwillig, sondern naturwüchsig ist, nicht als ihre eigne, vereinte Macht, sondern als eine fremde, außer ihnen stehende Gewalt, von der sie nicht wissen woher und wohin, die sie also nicht mehr beherrschen können, die im Gegenteil nun eine eigentümliche, vom Wollen und Laufen der Menschen unabhängige, ja dies Wollen und Laufen erst dirigierende Reihenfolge von Phasen und Entwicklungsstufen durchläuft.

(TS 153 /MEW 3, 34)

*

Sosehr nun das Ganze dieser Bewegung [der Zirkulation] als gesellschaftlicher Prozess erscheint, und sosehr die einzelnen Momente dieser Bewegung vom bewussten Willen und besondren Zwecken der Individuen ausgehen, sosehr erscheint die Totalität des Prozesses als ein objektiver Zusammenhang, der naturwüchsig entsteht; zwar aus dem Aufeinanderwirken der bewussten Individuen hervorgeht, aber weder in ihrem Bewusstsein liegt, noch als Ganzes unter sie subsumiert wird. Ihr eignes Aufeinanderstoßen produziert ihnen eine über ihnen stehende, *fremde* gesellschaftliche Macht; ihre Wechselwirkung als von ihnen unabhängigen Prozess und Gewalt. Die Zirkulation, weil eine Totalität des gesellschaftlichen Prozesses, ist auch die erste Form, worin nicht nur wie etwa in einem Geldstück, oder im Tauschwert, das gesellschaftliche Verhältnis als etwas von den Individuen Unabhängiges erscheint, sondern das Ganze der gesellschaftlichen Bewegung selbst. Die gesellschaftliche Beziehung der Individuen aufeinander als verselbstständigte Macht über den Individuen, werde sie nun vorgestellt als Naturmacht, Zufall oder in sonst beliebiger Form, ist notwendiges Resultat dessen, dass der Ausgangspunkt nicht das freie gesellschaftliche Individuum ist.

(TS 225 / Grundrisse, 111)

*

Eine Ware scheint auf den ersten Blick ein selbstverständliches, triviales Ding. Ihre Analyse ergibt, dass sie ein sehr vertracktes Ding ist, voll metaphysischer Spitzfindigkeit und theologischer Mucken. Soweit sie Gebrauchswert, ist nichts Mysteriöses an ihr, ob ich sie nun unter dem Gesichtspunkt betrachte, dass sie durch ihre Eigenschaft menschliche Bedürfnisse befriedigt oder diese Eigenschaften erst als Produkt menschlicher Arbeit erhält. Es ist sinnenklar, dass der Mensch durch seine Tätigkeit die Formen der Naturstoffe in einer ihm nützlichen Weise verändert. Die Form des Holzes z. B. wird verändert, wenn man aus ihm einen Tisch macht. Nichtsdestoweniger bleibt der Tisch Holz, ein ordinäres sinnliches Ding. Aber sobald er als Ware auftritt, verwandelt er sich in ein sinnlich übersinnliches Ding. Er steht nicht nur mit seinen Füßen auf dem Boden, sondern er stellt sich allen andren Waren gegenüber auf den Kopf und entwickelt aus seinem Holzkopf Grillen, viel wunderlicher, als wenn er aus freien Stücken zu tanzen begänne.

(TS 250 / MEW 23, 85)

*

Woher entspringt also der rätselhafte Charakter des Arbeitsprodukts, sobald es Warenform annimmt? Offenbar aus dieser Form selbst. Die Gleichheit der menschlichen Arbeit erhält die sachliche Form der gleichen Wertgegenständlichkeit der Arbeitsprodukte, das Maß der Verausgabung menschlicher Arbeitskraft durch ihre Zeitdauer erhält die Form der Wertgröße der Arbeitsprodukte, endlich die Verhältnisse der Produzenten, worin jene gesellschaftlichen Bestimmungen ihrer Arbeiten bestätigt werden, erhalten die Form eines gesellschaftlichen Verhältnisses der Arbeitsprodukte.

Das Geheimnisvolle der Warenform besteht also einfach darin, dass sie den Menschen die gesellschaftlichen Charaktere der Arbeitsprodukte selbst, als gesellschaftliche Natureigenschaften dieser Dinge zurückspiegelt, daher auch das gesellschaftliche Verhältnis der Produzenten zur Gesamtarbeit als ein außer ihnen existierendes gesellschaftliches Verhältnis von Gegenständen. Durch dies Quidproquo werden die Arbeitsprodukte Waren, sinnlich übersinnliche oder gesellschaftliche Dinge. So stellt sich der Lichteindruck eines Dinges auf den Sehnerv nicht als subjektiver Reiz des Sehnervs selbst, sondern als gegenständliche Form eines Dings außerhalb des Auges dar. Aber beim Sehen wird wirklich Licht von einem Ding, dem äußeren Gegenstand, auf ein andres Ding, das Auge, geworfen. Es ist ein physisches Verhältnis zwischen physischen Dingen. Dagegen hat die Warenform und das Wertverhältnis der Arbeitsprodukte, worin sie sich darstellt, mit ihrer physischen Natur und den daraus entspringenden dinglichen Beziehungen absolut nichts zu schaffen. Es ist nur das bestimmte gesellschaftliche Verhältnis der Menschen selbst, welches hier für sie die fantasmagorische Form eines Verhältnisses von Dingen annimmt. Um daher eine Analogie zu finden, müssen wir in die Nebelregion der religiösen Welt flüchten. Hier scheinen die Produkte des menschlichen Kopfes mit eignem Leben begabte, untereinander und mit den Menschen in Verhältnis stehende selbstständige Gestalten. So in der Warenwelt die Produkte der menschlichen Hand. Dies nenne ich den Fetischismus, der den Arbeitsprodukten anklebt, sobald sie als Waren produziert werden, und der daher von der Warenproduktion unzertrennlich ist.

(TS 251–252 / MEW 23, 86–87)

*

Dieser Fetischcharakter der Warenwelt entspringt, wie die vorhergehende Analyse bereits gezeigt hat, aus dem eigentümlichen gesellschaftlichen Charakter der Arbeit, welche Waren produziert.

Gebrauchsgegenstände werden überhaupt nur Waren, weil sie Produkte voneinander unabhängig betriebner Privatarbeiten sind. Der Komplex dieser Privatarbeiten bildet die gesellschaftliche Gesamtarbeit. Da die Produzenten erst in gesellschaftlichen Kontakt treten durch den Austausch ihrer Arbeitsprodukte, erscheinen auch die spezifisch gesellschaftlichen Charaktere ihrer Privatarbeiten erst innerhalb dieses Austausches. Oder die Privatarbeiten betätigen sich in der Tat erst als Glieder der gesellschaftlichen Gesamtarbeit durch die Beziehungen, worin der Austausch die Arbeitsprodukte und vermittelst derselben die Produzenten versetzt. Den Letzteren erscheinen daher die gesellschaftlichen Beziehungen ihrer Privatarbeiten als das, was sie sind, d. h. nicht als unmittelbar gesellschaftliche Verhältnisse der Personen in ihren Arbeiten selbst, sondern vielmehr als sachliche Verhältnisse der Personen und gesellschaftliche Verhältnisse der Sachen.

(TS 252 / MEW 23, 87)

*

Aller Mystizismus der Warenwelt, all der Zauber und Spuk, welcher Arbeitsprodukte auf Grundlage der Warenproduktion umnebelt, verschwindet daher sofort, sobald wir zu andren Produktionsformen flüchten.

(TS 253 / MEW 23, 90)

Die Natur

Die Natur ist der *unorganische Leib* des Menschen, nämlich die Natur, soweit sie nicht selbst menschlicher Körper ist. Der Mensch *lebt* von der Natur, heißt: Die Natur ist sein *Leib*, mit dem er in beständigem Progress bleiben muss, um nicht zu sterben. Dass das physische und geistige Leben des Menschen mit der Natur zusammenhängt, hat keinen andern Sinn, als dass die Natur mit sich selbst zusammenhängt, denn der Mensch ist ein Teil der Natur.

(TS 101 / MEW 40, 516)

*

Das *menschliche* Wesen der Natur ist erst da für den *gesellschaftlichen* Menschen; denn erst hier ist sie für ihn da als *Band* mit dem *Menschen*, als Dasein seiner für den andren und des andren für ihn, wie als Lebenselement der menschlichen Wirklichkeit, erst hier ist sie das als *Grundlage* seines eignen *menschlichen* Daseins. Erst hier ist ihm sein *natürliches* Dasein sein *menschliches* Dasein und die Natur für ihn zum Menschen geworden. Also die *Gesellschaft* ist die vollendete Wesenheit des Menschen mit der

Natur, die wahre Resurrektion* der Natur, der durchgeführte Naturalismus des Menschen und der durchgeführte Humanismus der Natur.

(TS 110–111 / MEW 40, 537–538)

*

Wie in der städtischen Industrie wird in der modernen Agrikultur die gesteigerte Produktivkraft und größre Flüssigmachung der Arbeit erkauft durch Verwüstung und Versiechung der Arbeitskraft selbst. Und jeder Fortschritt der kapitalistischen Agrikultur ist nicht nur ein Fortschritt in der Kunst, den Arbeiter, sondern zugleich in der Kunst, den Boden zu berauben, jeder Fortschritt in Steigerung seiner Fruchtbarkeit für eine gegebne Zeitfrist zugleich ein Fortschritt im Ruin der dauernden Quellen dieser Fruchtbarkeit. Je mehr ein Land, wie die Vereinigten Staaten von Nordamerika z. B., von der großen Industrie als dem Hintergrund seiner Entwicklung ausgeht, desto rascher dieser Zerstörungsprozess. […] Die kapitalistische Produktion entwickelt daher nur die Technik und Kombination des gesellschaftlichen Produktionsprozesses, indem sie zugleich die Springquellen alles Reichtums untergräbt: die Erde und den Arbeiter.

(TS 338 / MEW 25, 530)

* Auferstehung.

Arbeit

Das Tier ist unmittelbar eins mit seiner Lebenstätigkeit. Es unterscheidet sich nicht von ihr. Es ist *sie*. Der Mensch macht seine Lebenstätigkeit selbst zum Gegenstand seines Wollens und seines Bewusstseins. Er hat bewusste Lebenstätigkeit. Es ist nicht eine Bestimmtheit, mit der er unmittelbar zusammenfließt. Die bewusste Lebenstätigkeit unterscheidet den Menschen unmittelbar von der tierischen Lebenstätigkeit. Eben nur dadurch ist er ein Gattungswesen. Oder er ist nur ein bewusstes Wesen, das heiß sein eignes Leben ist ihm Gegenstand, eben weil er ein Gattungswesen ist. Nur darum ist seine Tätigkeit freie Tätigkeit. Die entfremdete Arbeit verkehrt das Verhältnis dahin um, dass der Mensch eben, weil er ein bewusstes Wesen ist, seine Lebenstätigkeit, sein *Wesen* nur zu einem Mittel für seine *Existenz* macht.

(TS 101–102 / MEW 40, 516)

*

Zwar produziert auch das Tier. Es baut sich ein Nest, Wohnungen, wie die Biene, Biber, Ameise etc. Allein es produziert nur, was es unmittelbar für sich oder sein Junges bedarf; es produziert einseitig, während der Mensch universell produziert; es produziert nur unter der Herrschaft des unmittelbaren physischen Bedürfnisses, während der Mensch selbst frei vom physischen Bedürfnis produziert und erst wahrhaft produziert in der Freiheit von demselben; es produziert nur sich selbst, während der Mensch die ganze Natur reproduziert; sein Produkt gehört unmittelbar zu seinem physischen Leib, während der Mensch frei seinem Produkt gegenübertritt. Das Tier formiert nur nach dem Maß und dem Bedürfnis der species, der es angehört, während der Mensch nach dem Maß jeder species zu produzieren weiß und überall das inhärente Maß dem Gegenstand anzulegen weiß; der Mensch formiert daher auch nach den Gesetzen der Schönheit.

(TS 102 / MEW 40, 517)

*

Die Teilung der Arbeit wird erst wirklich Teilung von dem Augenblicke an, wo eine Teilung der materiellen und geistigen Arbeit eintritt. Von diesem Augenblicke an *kann* sich das Bewusstsein wirklich einbilden, etwas andres als das Bewusstsein der bestehenden Praxis zu sein, *wirklich* etwas vorzustellen, ohne etwas Wirkliches vorzustellen – von diesem Augenblicke an ist das Bewusstsein imstande, sich von der Welt zu emanzipieren und zur Bildung der »reinen« Theorie, Theologie, Philosophie, Moral etc. überzugehen. Aber selbst wenn diese Theorie, Theologie, Philosophie, Moral etc. in Widerspruch mit den bestehenden Verhältnissen treten, so kann dies nur dadurch geschehen, dass die bestehenden gesellschaftlichen Verhältnisse mit der bestehenden Produktionskraft in Widerspruch getreten sind –

(TS 150 / MEW 3, 31–32)

Kommunismus

Der *Kommunismus* als *positive* Aufhebung des *Privateigentums*, als *menschlicher Selbstentfremdung*, und darum als wirkliche *Aneignung des menschlichen Wesens* durch und für den Menschen; darum als vollständige, bewusst und innerhalb des ganzen Reichtums der bisherigen Entwicklung gewordne Rückkehr des Menschen für sich als eines *gesellschaftlichen*, das heißt menschlichen Menschen. Dieser Kommunismus ist als vollendeter Naturalismus = Humanismus, als vollendeter Humanismus = Naturalismus, er ist die *wahrhafte* Auflösung des Widerstreites zwischen dem Menschen mit der Natur und mit dem Menschen, die wahre Auflösung des Streits zwischen Existenz und Wesen, zwischen Vergegenständlichung und Selbstbetätigung, zwischen Freiheit und Notwendigkeit, zwischen Individuum und Gattung. Er ist das aufgelöste Rätsel der Geschichte und weiß sich als diese Lösung.

(TS 109 /MEW 40, 536)

*

Und endlich bietet uns die Teilung der Arbeit gleich das erste Beispiel davon dar, dass, solange die Menschen sich in der naturwüchsigen Gesellschaft befinden, solange also die Spaltung zwischen dem besondern und gemeinsamen Interesse existiert, solange die Tätigkeit als solche also nicht freiwillig, sondern naturwüchsig geteilt ist, die eigne Tat des Menschen ihm zu einer fremden, gegenüberstehenden Macht wird, die ihn unterjocht, statt dass er sie beherrscht. Sowie nämlich die Arbeit verteilt zu werden anfängt, hat jeder einen bestimmten ausschließlichen Kreis der Tätigkeit, der ihm aufgedrängt wird, aus dem er nicht heraus kann; er ist Jäger, Fischer oder Hirt oder kritischer Kritiker, und muss es bleiben, wenn er nicht die Mittel zum Leben verlieren will – während in der kommunistischen Gesellschaft, wo jeder nicht einen ausschließlichen Kreis der Tätigkeit hat, sondern sich in jedem beliebigen Zweige ausbilden kann, die Gesellschaft die allgemeine Produktion regelt und mir eben dadurch möglich macht, heute dies, morgen jenes zu tun, morgens zu jagen, nachmittags zu fischen, abends Viehzucht zu treiben, nach dem Essen zu kritisieren, wie ich gerade Lust habe; ohne je Jäger, Fischer, Hirt oder Kritiker zu werden.

(TS 152 / MEW 40, 33)

*

Diese »*Entfremdung*«, um den Philosophen verständlich zu bleiben, kann natürlich nur unter zwei praktischen Voraussetzungen aufgehoben werden. Damit sie eine »unerträgliche« Macht werde, das heißt eine Macht, gegen die man revolutioniert, dazu gehört, dass sie die Masse der Menschheit als durchaus »Eigentumslos« erzeugt hat und zugleich im Widerspruch zu einer vorhandnen Welt des Reichtums und der Bildung, was beides eine große Steigerung der Produktivkraft, einen hohen Grad ihrer Entwicklung voraussetzt – und andrerseits ist diese Entwicklung der Produktivkräfte (womit zugleich schon die in *weltgeschichtlichen*, statt der in lokalem Dasein der Menschen vorhandne empirische Existenz gegeben ist) auch deswegen eine absolut notwendige praktische Voraussetzung, weil ohne sie nur der *Mangel* verallgemeinert, also mit der *Notdurft* auch der Streit um das Notwendige wieder beginnen und die ganze alte Scheiße sich herstellen müsste, weil ferner nur mit dieser universellen Entwicklung der Produktivkräfte ein *universeller* Verkehr der Menschen gesetzt ist, daher einerseits das Phänomen der »Eigentumslosen« Masse in allen Völkern gleichzeitig erzeugt (allgemeine Konkurrenz), jedes derselben von den Umwälzungen der andern abhängig macht, und endlich *weltgeschichtliche*, empirisch universelle Individuen an die Stelle der lokalen gesetzt hat. Ohne dies könnte 1. der Kommunismus nur als eine Lokalität existieren, 2. die *Mächte* des Verkehrs selbst hätten sich als *universelle*, drum unerträgliche Mächte, nicht entwickeln können, sie wären heimisch-abergläubige »Umstände« geblieben, und 3. würde jede Erweiterung des Verkehrs den lokalen Kommunismus aufheben. Der Kommunismus ist empirisch nur als die Tat der herrschenden Völker auf »einmal« oder gleichzeitig möglich, was die universelle Entwicklung der Produktivkraft und den mit ihm zusammenhängenden Weltverkehr voraussetzt.

(TS 153–154 / MEW 3, 34–35)

*

Der Kommunismus ist für uns nicht ein *Zustand*, der hergestellt werden soll, ein *Ideal*, wonach die Wirklichkeit sich zu richten haben wird. Wir nennen Kommunismus die *wirkliche* Bewegung, welche den jetzigen Zustand aufhebt. Die Bedingungen dieser Bewegung ergeben sich aus der jetzt bestehenden Voraussetzung. Übrigens setzt die Masse von *bloßen* Arbeitern – massenhaft von Kapital, oder von irgendeiner bornierten Befriedigung abgeschnittne Arbeitskraft – und darum auch der nicht mehr temporäre Verlust dieser Arbeit selbst als einer gesicherten Lebensquelle, durch die Konkurrenz den *Weltmarkt* voraus. Das Proletariat kann also nur *weltgeschichtlich* existieren, wie der Kommunismus, seine Aktion, nur als »weltgeschichtliche« Existenz überhaupt vorhanden sein kann. Weltgeschichtliche Existenz der Individuen, das heißt Existenz der Individuen, die unmittelbar mit der Weltgeschichte verknüpft ist.

(TS 155 / MEW 3, 35–36)

*

Ein Gespenst geht um in Europa – das Gespenst des Kommunismus. Alle Mächte des alten Europa haben sich zu einer heiligen Hetzjagd gegen dies Gespenst verbündet, der Papst und der Zar, Metternich und Guizot, französische Radikale und deutsche Polizisten.

Wo ist die Oppositionspartei, die nicht von ihren regierenden Gegnern als kommunistisch verschrien worden wäre, wo die Oppositionspartei, die den fortgeschritteneren Oppositionsleuten sowohl wie ihren reaktionären

Gegnern den brandmarkenden Vorwurf des Kommunismus nicht zurückgeschleudert hätte?*

Zweierlei geht aus dieser Tatsache hervor.

Der Kommunismus wird bereits von allen europäischen Mächten als eine Macht anerkannt.

Es ist hohe Zeit, dass die Kommunisten ihre Anschauungsweise, ihre Zwecke, ihre Tendenzen vor der ganzen Welt offen darlegen und dem Märchen vom Gespenst des Kommunismus ein Manifest der Partei selbst entgegenstellen.

(TS 170 / MEW 4, 461)

*

Die kommunistische Revolution ist das radikalste Brechen mit den überlieferten Eigentumsverhältnissen; kein Wunder, dass in ihrem Entwicklungsgange am radikalsten mit den überlieferten Ideen gebrochen wird.

(TS 190 / MEW 4, 481)

*

An die Stelle der alten bürgerlichen Gesellschaft mit ihren Klassen und Klassengegensätzen tritt eine Assoziation, worin die freie Entwicklung eines jeden die freie Entwicklung aller ist.

(TS 191 / MEW 4, 482)

*

---

* Es darf an dieser Stelle daran erinnert werden, dass sich Marx selbst nur fünf Jahre zuvor als Redakteur der *Rheinischen Zeitung* in seiner polemischen Auseinandersetzung mit der *Augsburger Allgemeinen* genau dieses antikommunistischen Ressentiments bediente!

Stellen wir uns endlich, zur Abwechslung, einen Verein freier Menschen vor, die mit gemeinschaftlichen Produktionsmitteln arbeiten und ihre vielen individuellen Arbeitskräfte selbstbewusst als eine gesellschaftliche Arbeitskraft verausgaben. Alle Bestimmungen von Robinsons Arbeit wiederholen sich hier, nur gesellschaftlich statt individuell. Alle Produkte Robinsons waren sein ausschließlich persönliches Produkt und daher unmittelbar Gebrauchsgegenstände für ihn. Das Gesamtprodukt des Vereins ist ein gesellschaftliches Produkt. Ein Teil dieses Produkts dient wieder als Produktionsmittel. Er bleibt gesellschaftlich. Aber ein anderer Teil wird als Lebensmittel von den Vereinsgliedern verzehrt. Er muss daher unter sie verteilt werden. Die Art dieser Verteilung wird wechseln mit der besondren Art des gesellschaftlichen Produktionsorganismus selbst und der entsprechenden geschichtlichen Entwicklungshöhe der Produzenten. Nur zur Parallele mit der Warenproduktion setzen wir voraus, der Anteil jedes Produzenten an den Lebensmitteln sei bestimmt durch seine Arbeitszeit. Die Arbeitszeit würde also eine doppelte Rolle spielen. Ihre gesellschaftlich planmäßige Verteilung regelt die richtige Proportion der verschiednen Arbeitsfunktionen zu den verschiednen Bedürfnissen. Andrerseits dient die Arbeitszeit zugleich als Maß des individuellen Anteils des Produzenten an der Gemeinarbeit und daher auch an dem individuell verzehrbaren Teil des Gemeinprodukts. Die gesellschaftlichen Beziehungen der Menschen zu ihren Arbeiten und ihren Arbeitsprodukten bleiben hier durchsichtig einfach in der Produktion sowohl als in der Distribution.

(TS 255–256 / MEW 23, 92–93)

*

In einer höheren Phase der kommunistischen Gesellschaft, nachdem die knechtende Unterordnung der Individuen unter die Teilung der Arbeit, damit auch der Gegensatz geistiger und körperlicher Arbeit verschwunden ist; nachdem die Arbeit nicht nur Mittel zum Leben, sondern selbst das erste Lebensbedürfnis geworden; nachdem mit der allseitigen Entwicklung der Individuen auch ihre Produktivkräfte gewachsen und alle Springquellen des genossenschaftlichen Reichtums voller fließen – erst dann kann der enge bürgerliche Rechtshorizont ganz überschritten werden und die Gesellschaft auf ihre Fahne schreiben: Jeder nach seinen Fähigkeiten, jedem nach seinen Bedürfnissen!

(TS 370 / MEW 19, 21)

Haben oder Sein, Privateigentum

Die einzigen Räder, die die Nationalökonomie in Bewegung setzt, sind die *Habsucht* und der *Krieg unter den Habsüchtigen, die Konkurrenz.*

(TS 95 / MEW 40, 511)

*

Dies *materielle*, unmittelbar *sinnliche* Privateigentum ist der materielle sinnliche Ausdruck des *entfremdeten menschlichen* Lebens. Seine Bewegung – die Produktion und Konsumtion – ist die *sinnliche* Offenbarung von der Bewegung aller bisherigen Produktion, das heißt Verwirklichung oder Wirklichkeit des Menschen. Religion, Familie, Staat, Recht, Moral, Wissenschaft, Kunst etc. sind nur *besondre* Weisen der Produktion und fallen unter ihr allgemeines Gesetz. Die positive Aufhebung des *Privateigentums*, als die Aneignung des *menschlichen* Lebens, *ist daher die positive* Aufhebung aller Entfremdung, also die Rückkehr des Menschen aus Religion, Familie,

Staat etc. in sein *menschliches*, das heißt *gesellschaftliches* Dasein.

(TS 109–110 / MEW 40, 537)

*

Das Privateigentum hat uns so dumm und einseitig gemacht, dass ein Gegenstand erst der *unsrige* ist, wenn wir ihn haben, er also als Kapital für uns existiert, oder von uns unmittelbar besessen, gegessen, getrunken, an unsrem Leib getragen, von uns bewohnt etc., kurz *gebraucht* wird. Obgleich das Privateigentum alle diese unmittelbaren Verwirklichungen des Besitzes selbst wieder nur als *Lebensmittel* fasst, und das Leben, zu dessen Mittel sie dienen, ist das *Leben des Privateigentums*, Arbeit und Kapitalisierung.

An die Stelle *aller* physischen und geistigen Sinne ist daher die einfache Entfremdung *aller* dieser Sinne, der Sinn des *Habens* getreten. Auf diese absolute Armut musste das menschliche Wesen reduziert werden, damit es seinen inneren Reichtum aus sich herausgebäre.

(TS 113 / MEW 40, 540)

*

Die *politische* Erhebung des Menschen über die Religion teilt alle Mängel und alle Vorzüge der politischen Erhebung überhaupt. Der Staat als Staat annulliert z. B. das *Privateigentum*, der Mensch erklärt auf *politische* Weise das Privateigentum für *aufgehoben*, sobald er den *Zensus* für aktive und passive Wählbarkeit aufhebt, wie dies in vielen nordamerikanischen Staaten geschehen ist. *Hamil-*

ton interpretiert dies Faktum vom politischen Standpunkte ganz richtig dahin: »*Der große Haufen hat den Sieg über die Eigentümer und den Geldreichtum davongetragen.*« Ist das Privateigentum nicht ideell aufgehoben, wenn der Nichtbesitzende zum Gesetzgeber des Besitzenden geworden ist? Der *Zensus* ist die letzte *politische* Form, das Privateigentum anzuerkennen.

Dennoch ist mit der politischen Annullation des Privateigentums das Privateigentum nicht nur nicht aufgehoben, sondern sogar vorausgesetzt. Der Staat hebt den Unterschied der *Geburt*, des *Standes*, der *Bildung*, der *Beschäftigung* in seiner Weise auf, wenn er Geburt, Stand, Bildung, Beschäftigung für *unpolitische* Unterschiede erklärt, wenn er ohne Rücksicht auf diese Unterschiede jedes Glied des Volkes zum *gleichmäßigen* Teilnehmer der Volkssouveränität ausruft, wenn er alle Elemente des wirklichen Volkslebens von dem Staatsgesichtspunkt aus behandelt. Nichtsdestoweniger lässt der Staat das Privateigentum, die Bildung, die Beschäftigung auf *ihre* Weise, d. h. als Privateigentum, als Bildung, als Beschäftigung *wirken* und ihr *besondres* Wesen geltend machen. Weit entfernt, diese *faktischen* Unterschiede aufzuheben, existiert er vielmehr nur unter ihrer Voraussetzung, empfindet er sich als *politischer Staat* und macht er seine *Allgemeinheit* geltend nur im Gegensatz zu diesen seinen Elementen.

(TS 80–81 /MEW 1, 354)

*

Man hat uns Kommunisten vorgeworfen, wir wollten das persönlich erworbene, selbst erarbeitete Eigentum abschaffen; das Eigentum, welches die Grundlage aller persönlichen Freiheit, Tätigkeit und Selbstständigkeit bilde.

Erarbeitetes, erworbenes, selbstverdientes Eigentum! Sprecht ihr von dem kleinbürgerlichen, kleinbäuerlichen Eigentum, welches dem bürgerlichen Eigentum vorherging? Wir brauchen es nicht abzuschaffen, die Entwicklung der Industrie hat es abgeschafft und schafft es täglich ab.

Oder sprecht ihr vom modernen bürgerlichen Privateigentum?

Schafft aber die Lohnarbeit, die Arbeit des Proletariats ihm Eigentum? Keineswegs. Sie schafft das Kapital, d. h. das Eigentum, welches die Lohnarbeit ausbeutet, welches sich nur unter der Bedingung vermehren kann, dass es neue Lohnarbeit erzeugt, um sie von Neuem auszubeuten. Das Eigentum in seiner heutigen Gestalt bewegt sich in dem Gegensatz von Kapital und Lohnarbeit.

(TS 184 / MEW 4, 475)

*

Kapitalist sein, heißt nicht nur eine rein persönliche, sondern eine gesellschaftliche Stellung in der Produktion einzunehmen. Das Kapital ist ein gemeinschaftliches Produkt und kann nur durch eine gemeinsame Tätigkeit vieler Mitglieder, ja in letzter Instanz nur durch die gemeinsame Tätigkeit aller Mitglieder der Gesellschaft in Bewegung gesetzt werden.

Das Kapital ist also keine persönliche, es ist eine gesellschaftliche Macht.

Wenn also das Kapital in ein gemeinschaftliches, allen Mitgliedern der Gesellschaft angehöriges Eigentum verwandelt wird, so verwandelt sich nicht persönliches Eigentum in gesellschaftliches. Nur der gesellschaftliche Charakter des Eigentums verwandelt sich. Er verliert seinen Klassencharakter.

(TS 184 / MEW 4, 475–476)

*

Ihr entsetzt euch darüber, dass wir das Privateigentum aufheben wollen. Aber in eurer bestehenden Gesellschaft ist das Privateigentum für neun Zehntel ihrer Mitglieder aufgehoben, es existiert gerade dadurch, dass es für neun Zehntel nicht existiert. Ihr werft uns also vor, dass wir ein Eigentum aufheben wollen, welches die Eigentumslosigkeit der ungeheuren Mehrzahl der Gesellschaft als notwendige Bedingung voraussetzt.

Ihr werft uns mit einem Worte vor, dass wir euer Eigentum aufheben wollen. Allerdings, das wollen wir.

(TS 185 / MEW 4, 477)

*

Man hat eingewendet, mit der Aufhebung des Privateigentums werde alle Tätigkeit aufhören und eine allgemeine Faulheit einreißen.

Hiernach müsste die bürgerliche Gesellschaft längst an der Trägheit zugrunde gegangen sein; denn die in ihr arbeiten, erwerben nicht, und die in ihr erwerben, arbeiten nicht.

(TS 186 / MEW 4, 477)

*

Vom Standpunkt einer höhern ökonomischen Gesellschaftsformation wird das Privateigentum einzelner Individuen am Erdball ganz so abgeschmackt erscheinen wie das Privateigentum eines Menschen an einem andern Menschen. Selbst eine ganze Gesellschaft, eine Nation, ja alle gleichzeitigen Gesellschaften zusammengenommen sind nicht Eigentümer der Erde. Sie sind nur ihre Besitzer, ihre Nutznießer, und haben sie als boni patres familias den nachfolgenden Generationen verbessert zu hinterlassen.

(TS 388 / MEW 25, 784)

Individuum und Gesellschaft

Es ist vor allem zu vermeiden, die »Gesellschaft« wieder als Abstraktion dem Individuum gegenüber zu fixieren. Das Individuum *ist* das *gesellschaftliche Wesen*. Seine Lebensäußerung – erscheine sie auch nicht in der unmittelbaren Form einer *gemeinschaftlichen*, mit andern zugleich vollbrachten Lebensäußerung – *ist* daher eine Äußerung und Bestätigung des *gesellschaftlichen Lebens*. Das individuelle und das Gattungsleben des Menschen sind nicht verschieden, so sehr auch – und dies notwendig – die Daseinsweise des individuellen Lebens eine mehr *besondre* oder mehr *allgemeine* Weise des Gattungslebens ist, oder je mehr das Gattungsleben ein mehr *besondres* oder *allgemeines* individuelles Leben ist.

(TS 111–112 / MEW 40, 538–539)

*

Der Mensch – so sehr er daher ein *besondres* Individuum ist, und gerade seine Besonderheit macht ihn zu einem Individuum und zum wirklichen *individuellen* Gemeinwesen – ebenso sehr ist er die *Totalität*, die ideelle Totalität das subjektive Dasein der gedachten und empfundenen Gesellschaft für sich, wie er auch in der Wirklichkeit, sowohl als Anschauung und wirklicher Geist des gesellschaftlichen Daseins, wie als Totalität menschlicher Lebensäußerung da ist.

Denken und Sein sind also zwar *unterschieden*, aber zugleich in *Einheit* miteinander.

(TS 111–112 / MEW 40, 539)

*

Feuerbach löst das religiöse Wesen in das menschliche Wesen auf. Aber das menschliche Wesen ist kein dem einzelnen Individuum innewohnendes Abstraktum. In seiner Wirklichkeit ist es das Ensemble der gesellschaftlichen Verhältnisse.

(TS 133 / MEW 3, 6)

*

Von dem Augenblick an, wo die Arbeit nicht mehr in Kapital, Geld, Grundrente, kurz, in eine monopolisierbare gesellschaftliche Macht verwandelt werden kann, d. h. von dem Augenblick, wo das persönliche Eigentum nicht mehr in bürgerliches umschlagen kann, von dem Augenblick erklärt ihr, die Person sei aufgehoben.

Ihr gesteht also, dass ihr unter der Person niemanden anders versteht als den Bourgeois, den bürgerlichen Eigentümer. Und diese Person soll allerdings aufgehoben werden.

(TS 186 / MEW 4, 477)

Der Tod

Der *Tod* scheint als ein harter Sieg der Gattung über das Individuum und ihrer Einheit zu widersprechen; aber das bestimmte Individuum ist nur ein *bestimmtes Gattungswesen*, als solches sterblich.

(TS 112 / MEW 40, 539)

*

Es gibt in der Tat viele Frauenzimmer auf der Welt, und einige darunter sind schön. Aber wo finde ich ein Gesicht wieder, wo jeder Zug, selbst jede Falte die größten und süßesten Erinnerungen meines Lebens wieder erweckt? Selbst meine unendlichen Schmerzen, meine unersetzlichen Verluste* lese ich in deinem süßen Antlitz, und ich küsse mich weg über den Schmerz, wenn ich dein süßes Gesicht küsse. »Begraben in ihren Armen, auferweckt von ihren Küssen« – nämlich in deinen Armen und von deinen Küssen, und ich schenke den Bramahnen und dem Pythagoras ihre Lehre von der Wiedergeburt und dem Christentum seine Lehre von der Auferstehung.

(TS, 385 / MEW 29, 532–536)

---

* Gemeint ist hier in diesem Brief an seine Ehefrau Jenny wohl der Tod etlicher Kinder des Paares im Säuglings- bzw. Kindesalter.

Der Mensch – Schöpfer seiner selbst

Ein *Wesen* gilt sich erst als selbstständig, sobald es auf eignen Füßen steht, und es steht erst auf eignen Füßen, sobald es sein *Dasein* sich selbst verdankt. Ein Mensch, der von der Gnade eines andern lebt, betrachtet sich als ein abhängiges Wesen. Ich lebe aber vollständig von der Gnade eines andern, wenn ich ihm nicht nur die Unterhaltung meines Lebens verdanke, sondern wenn er noch außerdem mein *Leben geschaffen* hat, wenn er der *Quell* meines Lebens ist, und mein Leben hat notwendig einen solchen Grund außer sich, wenn es nicht meine eigne Schöpfung ist. Die *Schöpfung* ist daher eine sehr schwer aus dem Volksbewusstsein zu verdrängende Vorstellung. Das Durchsichselbstsein der Natur und des Menschen ist ihm *unbegreiflich*, weil es allen *Handgreiflichkeiten* des praktischen Lebens widerspricht.

(TS 118 / MEW 40, 544)

*

Indem aber für den sozialistischen Menschen die ganze *sogenannte Weltgeschichte* nichts anders ist als die Erzeugung des Menschen durch die menschliche Arbeit, als das Werden der Natur für den Menschen, so hat er also den anschaulichen, unwiderstehlichen Beweis von seiner Geburt durch sich selbst, von seinem *Entstehungsprozess*. Indem die *Wesenhaftigkeit* des Menschen und der Natur, indem der Mensch für den Menschen als Dasein der Natur, und die Natur für den Menschen als Dasein des Menschen praktisch, sinnlich, anschaubar geworden ist, ist die Frage nach einem *fremden* Wesen, nach einem Wesen über der Natur und den Menschen – eine Frage, welche das Geständnis von der Unwesentlichkeit der Natur und des Menschen einschließt – praktisch unmöglich geworden. Der *Atheismus*, als Leugnung dieser Unwesentlichkeit, hat keinen Sinn mehr, denn der Atheismus ist eine *Negation Gottes*, und setzt durch diese Negation das *Dasein des Menschen*; aber der Sozialismus als Sozialismus bedarf einer solchen Vermittlung nicht mehr; er beginnt von dem *theoretisch und praktisch sinnlichen Bewusstsein* des Menschen und der Natur als des *Wesens*. Er ist *positives*, nicht mehr durch die Aufhebung der Religion vermitteltes *Selbstbewusstsein* des Menschen, wie das *wirkliche Leben* positive, nicht mehr durch die Aufhebung des Privateigentums, den *Kommunismus*, vermittelte Wirklichkeit des Menschen ist.

(TS 119–120 / MEW 40, 546)

Das Geld

Das *Geld*, indem es die *Eigenschaft* besitzt, alles zu kaufen, indem es die Eigenschaft besitzt, alle Gegenstände sich anzueignen, ist also der *Gegenstand* in eminentem Besitz. Die Universalität seiner *Eigenschaft* ist die Allmacht seines Wesens; es gilt daher als allmächtiges Wesen … das Geld ist der *Kuppler* zwischen dem Bedürfnis und dem Gegenstand, zwischen dem Leben und dem Lebensmittel des Menschen. *Was* mir aber *mein* Leben vermittelt, das vermittelt mir auch das Dasein der andren Menschen für mich. Das ist für mich der *andre* Mensch. –

(TS 120 / MEW 40, 563)

*

Was durch das *Geld* für mich ist, was ich zahlen, d. h., was das Geld kaufen kann, das *bin ich*, der Besitzer des Geldes selbst. So groß die Kraft des Geldes, so groß ist meine Kraft. Die Eigenschaften des Geldes sind meine – seines Besitzers – Eigenschaften und Wesenskräfte. Das, was ich *bin* und *vermag*, ist also keineswegs durch meine Individualität bestimmt. Ich *bin* hässlich, aber ich kann mir die *schönste* Frau kaufen. Also bin ich nicht *hässlich*, denn die Wirkung der *Hässlichkeit*, ihre abschreckende Kraft ist durch das Geld vernichtet. Ich – meiner Individualität nach – bin *lahm*, aber das Geld verschafft mir 24 Füße; ich bin also nicht lahm; ich bin ein schlechter, unehrlicher, gewissenloser, geistloser Mensch, aber das Geld ist geehrt, also auch sein Besitzer. Das Geld ist das höchste Gut, also ist sein Besitzer gut; das Geld überhebt mich überdem der Mühe, unehrlich zu sein; ich werde also als ehrlich präsumiert*; ich bin *geistlos*, aber das Geld ist der *wirkliche* Geist aller Dinge, wie sollte sein Besitzer geistlos sein? Zudem kann er sich die geistreichen Leute kaufen, und wer die Macht über die Geistreichen ist, ist der nicht geistreicher als der Geistreiche! Ich, der durch das Geld *alles*, wonach ein menschliches Herz sich sehnt, vermag, besitze ich nicht alle menschlichen Vermögen! Verwandelt also mein Geld nicht alle meine Unvermögen in ihr Gegenteil?

Wenn das *Geld* das Band ist, das mich an das *menschliche* Leben, das mir die Gesellschaft, das mich mit der Natur und den Menschen verbindet, ist das Geld nicht das Band aller *Bande*! Kann es nicht alle Bande lösen und binden! Ist es darum nicht auch das allgemeine Scheidungsmittel! Es ist die wahre *Scheidemünze*, wie das wahre *Bindungsmittel*, die galvano*chemische* Kraft der Gesellschaft.

Shakespeare hebt an dem Geld besonders zwei Eigenschaften hervor:

1. Es ist die sichtbare Gottheit, die Verwandlung aller menschlichen und natürlichen Eigenschaften in ihr Gegenteil, die allgemeine Verwechslung und Verkehrung der Dinge; es verbrüdert Unmöglichkeiten;

---

* angesehen.

2. Es ist die allgemeine Hure, der allgemeine Kuppler der Menschen und Völker.

Die Verkehrung und Verwechslung aller menschlichen und natürlichen Qualitäten, die Verbrüderung der Unmöglichkeiten – die *göttliche* Kraft – des Geldes liegt in seinem *Wesen* als dem entfremdeten, entäußernden und sich veräußernden Gattungswesen der Menschen. Es ist das entäußerte *Vermögen der Menschheit.*

Was ich qua *Mensch* nicht vermag, was also alle meine individuellen Wesenskräfte nicht vermögen, das vermag ich durch das *Geld.* Das Geld macht also jede dieser Wesenskräfte zu etwas, was sie an sich nicht ist, d. h. zu ihrem *Gegenteil.*

Wenn ich mich nach einer Speise sehne oder den Postwagen brauchen will, weil ich nicht stark genug bin, den Weg zu Fuß zu machen, so verschafft mir das Geld die Speise und den Postwagen, d. h. es verwandelt meine Wünsche aus Wesen der Vorstellung, es übersetzt sie aus ihrem gedachten, vorgestellten, gewollten Dasein in ihr *sinnliches, wirkliches* Dasein, aus der Vorstellung in das Leben, aus dem vorgestellten Sein in das wirklichen Sein. Als diese Vermittlung ist das [Geld] die *wahrhaft schöpferische* Kraft.

Ich, wenn ich kein Geld zum Reisen habe, habe kein *Bedürfnis*, d. h. kein wirkliches und sich verwirklichendes Bedürfnis zum Reisen. Ich, wenn ich *Beruf* zum Studieren, aber kein Geld dazu habe, habe *keinen* Beruf zum Studieren, d. h. keinen *wirksamen*, keinen *wahren* Beruf. Dagegen ich, wenn ich wirklich *keinen* Beruf zum Studieren habe, aber den Willen *und* das Geld, habe einen *wirksamen* Beruf dazu. Das *Geld* als das äußere, nicht aus dem Menschen als Menschen und nicht von der menschlichen

Gesellschaft als Gesellschaft herkommende allgemeine *Mittel* und *Vermögen*, die *Vorstellung in die Wirklichkeit*, und *die Wirklichkeit zu einer bloßen Vorstellung* zu machen, verwandelt ebenso sehr die *wirklichen menschlichen und natürlichen Wesenskräfte* in bloß abstrakte Vorstellungen und darum *Unvollkommenheiten*, qualvolle Hirngespinste, wie es andrerseits die *wirklichen Unvollkommenheiten und Hirngespinste*, die wirklich ohnmächtigen, nur in der Einbildung des Individuums existierenden Wesenskräfte desselben zu *wirklichen Wesenskräften* und *Vermögen* verwandelt. Schon dieser Bestimmung nach ist es also schon die allgemeine Verkehrung der *Individualitäten*, die sie in ihr Gegenteil umkehrt und ihren Eigenschaften widersprechende Eigenschaften beilegt.

Als diese *verkehrende* Macht erscheint es dann auch gegen das Individuum und gegen die gesellschaftlichen etc. Bande, die für sich *Wesen* zu sein behaupten. Es verwandelt die Treue in Untreue, die Liebe in Hass, den Hass in Liebe, die Tugend in Laster, das Laster in Tugend, den Knecht in den Herrn, den Herrn in den Knecht, den Blödsinn in Verstand, den Verstand in Blödsinn.

Da das Geld als der existierende und sich betätigende Begriff des Wertes alle Dinge verwechselt, vertauscht, so ist es die allgemeine *Verwechslung* und *Vertauschung* aller Dinge, also die verkehrte Welt, die Verwechslung und Vertauschung aller natürlichen und menschlichen Qualitäten.

Wer die Tapferkeit kaufen kann, der ist tapfer, wenn er auch feig ist. Da das Geld nicht gegen eine bestimmte Qualität, gegen ein bestimmtes Ding, menschliche Wesenskräfte, sondern gegen die ganze menschliche und natürliche gegenständliche Welt sich austauscht, so tauscht es also – vom Standpunkt seines Besitzers angesehn – jede Eigenschaft gegen jede – auch ihr widersprechende Eigenschaft und Gegenstand – aus; es ist die Verbrüderung der Unmöglichkeiten, es zwingt das sich Widersprechende zum Kuss.

Setze den *Menschen* als *Menschen* und sein Verhältnis zur Welt als ein menschliches voraus, so kannst du Liebe nur gegen Liebe austauschen, Vertrauen nur gegen Vertrauen etc. Wenn du die Kunst genießen willst, musst du ein künstlerisch-gebildeter Mensch sein; wenn du Einfluss auf andre Menschen ausüben willst, musst du ein wirklich anregend und fördernd auf andre Menschen wirkender Mensch sein. Jedes deiner Verhältnisse zum Menschen – und zu der Natur – muss eine *bestimmte*, dem Gegenstand deines Willens entsprechende *Äußerung* deines *wirklichen individuellen* Lebens sein. Wenn du liebst, ohne Gegenliebe hervorzurufen, d. h. wenn dein Lieben als Lieben nicht die Gegenliebe produziert, wenn du durch eine *Lebensäußerung* als liebender Mensch dich nicht zum *geliebten Menschen* machst, so ist deine Liebe ohnmächtig, ein Unglück.

(TS 122–124 / MEW 40, 564–567)

Primat der Praxis

Der Hauptmangel alles bisherigen Materialismus – den Feuerbach'schen mit eingerechnet – ist, dass der Gegenstand, die Wirklichkeit, Sinnlichkeit, nur unter der Form des *Objekts* oder der *Anschauung* gefasst wird; nicht aber als *menschliche sinnliche Tätigkeit*, *Praxis*, nicht subjektiv.

(TS 131 / MEW 3,5)

*

Die Frage, ob dem menschlichen Denken gegenständliche Wahrheit zukomme – ist keine Frage der Theorie, sondern eine *praktische* Frage. In der Praxis muss der Mensch die Wahrheit, i. e. die Wirklichkeit und Macht, die Diesseitigkeit seines Denkens beweisen. Der Streit über die Wirklichkeit oder Nichtwirklichkeit des Denkens – das von der Praxis isoliert ist – ist eine rein *scholastische* Frage.

(TS 131 / MEW 3,5)

*

Die materialistische Lehre von der Veränderung der Umstände und der Erziehung vergisst, dass die Umstände eben von den Menschen verändert und der Erzieher selbst erzogen werden muss. Sie muss daher die Gesellschaft in zwei Teile – von denen der eine über der Gesellschaft erhaben ist – sondieren.

Das Zusammenfallen des Änderns der Umstände und der menschlichen Tätigkeit oder Selbstveränderung kann nur als *revolutionäre Praxis* gefasst und rationell verstanden werden.

(TS 132 / MEW 3, 5–6)

*

Feuerbach, mit dem *abstrakten* Denken nicht zufrieden, will die *Anschauung*; aber er fasst die Sinnlichkeit nicht als *praktische* menschlich-sinnliche Tätigkeit.

(TS 132 / MEW 3, 6)

*

Alles gesellschaftliche Leben ist wesentlich *praktisch*. Alle Mysterien, welche die Theorie zum Mystizismus veranlassen, finden ihre rationelle Lösung in der menschlichen Praxis und im Begreifen dieser Praxis.

(TS 133 / MEW 3, 7)

*

Die Philosophen haben die Welt nur verschieden *interpretiert*; es kömmt darauf an, sie zu *verändern*.

(TS 133 / MEW 3, 7)

Sein und Bewusstsein

Eine Spinne verrichtet Operationen, die denen des Webers ähneln, und eine Biene beschämt durch den Bau ihrer Wachszellen manchen menschlichen Baumeister. Was aber von vornherein den schlechtesten Baumeister vor der besten Biene auszeichnet, ist, dass er die Zelle in seinem Kopf gebaut hat, bevor er sie in Wachs baut.

(MEW 23, 193)

*

Die Voraussetzungen, mit denen wir beginnen, sind keine willkürlichen, keine Dogmen, es sind wirkliche Voraussetzungen, von denen man nur in der Einbildung abstrahieren kann. Es sind die wirklichen Individuen, ihre Aktion und ihre materiellen Lebensbedingungen, sowohl die vorgefundenen wie die durch ihre eigne Aktion erzeugten. Diese Voraussetzungen sind also auf rein empirischem Wege konstatierbar.

Die erste Voraussetzung aller Menschengeschichte ist natürlich die Existenz lebendiger menschlicher Individuen. Der erste zu konstatierende Tatbestand ist also die körperliche Organisation dieser Individuen und ihr dadurch gegebenes Verhältnis zur übrigen Natur. [...] Alle

Geschichtsschreibung muss von diesen natürlichen Grundlagen und ihrer Modifikation im Lauf der Geschichte durch die Aktion der Menschen ausgehen.

Man kann die Menschen durch das Bewusstsein, durch die Religion, durch was man sonst will, von den Tieren unterscheiden. Sie selbst fangen an, sich von den Tieren zu unterscheiden, sobald sie anfangen, ihre Lebensmittel *zu produzieren*, ein Schritt, der durch ihre körperliche Organisation bedingt ist. Indem die Menschen ihre Lebensmittel produzieren, produzieren sie indirekt ihr materielles Leben selbst.

Die Weise, in der die Menschen ihre Lebensmittel produzieren, hängt zunächst von der Beschaffenheit der vorgefundenen und zu reproduzierenden Lebensmittel selbst ab. Diese Weise der Produktion ist nicht bloß nach der Seite hin zu betrachten, dass sie die Reproduktion der physischen Existenz der Individuen ist. Sie ist vielmehr schon eine bestimmte Art der Tätigkeit dieser Individuen, eine bestimmte Art, ihr Leben zu äußern, eine bestimmte *Lebensweise* derselben. Wie die Individuen ihr Leben äußern, so sind sie. Was sie sind, fällt also zusammen mit ihrer Produktion, sowohl damit, *was* sie produzieren, als auch damit, *wie* sie produzieren. Was die Individuen also sind, das hängt ab von den materiellen Bedingungen ihrer Produktion.

(TS 143–144 / MEW 3, 20–21)

*

Die Tatsache ist also die: Bestimmte Individuen, die auf bestimmte Weise produktiv tätig sind, gehen diese bestimmten gesellschaftlichen und politischen Verhältnisse ein. Die empirische Beobachtung muss in jedem einzelnen Fall den Zusammenhang der gesellschaftlichen und politischen Gliederung mit der Produktion empirisch und ohne alle Mystifikation und Spekulation aufweisen. Die gesellschaftliche Gliederung und der Staat gehen beständig aus dem Lebensprozess bestimmter Individuen hervor; aber dieser Individuen, nicht wie sie in der eigenen oder fremden Vorstellung erscheinen mögen, sondern wie sie *wirklich* sind, das heißt wie sie wirken, materiell produzieren, also wie sie unter bestimmten materiellen und von ihrer Willkür unabhängigen Schranken, Voraussetzungen und Bedingungen tätig sind.

(TS 144 / MEW 3, 25)

*

Die Produktion der Ideen, Vorstellungen, des Bewusstseins ist zunächst unmittelbar verflochten in die materielle Tätigkeit und den materiellen Verkehr der Menschen, Sprache des wirklichen Lebens. Das Vorstellen, Denken, der geistige Verkehr der Menschen erscheinen hier noch als direkter Ausfluss ihres materiellen Verhaltens. Von der geistigen Produktion, wie sie in der Sprache der Politik, der Gesetze, der Moral, der Religion, Metaphysik usw. eines Volkes sich darstellt, gilt dasselbe. Die Menschen sind die Produzenten ihrer Vorstellungen, Ideen pp, aber die wirklichen, wirkenden Menschen, wie sie bedingt sind durch eine bestimmte Entwicklung der Produktivkräfte und des denselben entsprechenden Verkehrs bis zu seinen weitesten Formationen hinauf. Das Bewusstsein kann nie etwas andres sein als das bewusste Sein, und das Sein der Menschen ist ihr wirklicher Lebensprozess. Wenn in der ganzen Ideologie die Menschen und ihre Verhältnisse, wie in einer Camera obscura, auf den Kopf gestellt erscheinen, so geht dies Phänomen ebenso sehr aus ihrem historischen Lebensprozess hervor, wie die Umdrehung der Gegenstände auf der Netzhaut aus ihrem unmittelbar physischen.

(TS 144 / MEW 3, 26)

*

Ganz im Gegensatz zur deutschen Philosophie, welche vom Himmel auf die Erde herabsteigt, wird hier von der Erde zum Himmel gestiegen. Das heißt, es wird nicht ausgegangen von dem, was die Menschen sagen, sich einbilden, sich vorstellen, auch nicht von den gesagten, gedachten, eingebildeten, vorgestellten Menschen, um davon aus bei den leibhaftigen Menschen anzukommen; es wird von den wirklich tätigen Menschen ausgegangen und aus ihrem wirklichen Lebensprozess auch die Entwicklung der ideologischen Reflexe und Echos dieses Lebensprozesses dargestellt. Auch die Nebelbildungen im Gehirn der Menschen sind notwendige Sublimate ihres materiellen, empirisch konstatierbaren und an materielle Voraussetzungen geknüpften Lebensprozesses. Die Moral, Religion, Metaphysik und sonstige Ideologie und die ihnen entsprechenden Bewusstseinsformen behalten hiermit nicht länger den Schein der Selbstständigkeit. Sie haben keine Geschichte, sie haben keine Entwicklung, sondern die ihre materielle Produktion und ihren materiellen Verkehr entwickelnden Menschen ändern mit dieser ihrer Wirklichkeit auch ihr Denken und die Produkte ihres Denkens. Nicht das Bewusstsein bestimmt das Leben, sondern das

Leben bestimmt das Bewusstsein. In der ersten Betrachtungsweise geht man von dem Bewusstsein als dem lebendigen Individuum aus, in der zweiten, dem wirklichen Leben entsprechenden, von den wirklichen lebendigen Individuen selbst und betrachtet das Bewusstsein nur als *ihr* Bewusstsein.

(TS 145 / MEW 3, 26–27)

*

Wir müssen bei den voraussetzungslosen Deutschen damit anfangen, dass wir die erste Voraussetzung aller menschlichen Existenz, also auch aller Geschichte konstatieren, nämlich die Voraussetzung, dass die Menschen imstande sein müssen zu leben, um »Geschichte machen« zu können. Zum Leben aber gehört vor allem Essen und Trinken, Wohnung, Kleidung und noch einiges andere. Die erste geschichtliche Tat ist also die Erzeugung der Mittel zur Befriedigung dieser Bedürfnisse, die Produktion des materiellen Lebens selbst, und zwar ist dies eine geschichtliche Tat, eine Grundbedingung aller Geschichte, die noch heute, wie vor Jahrtausenden, täglich und stündlich erfüllt werden muss, um die Menschen nur am Leben zu erhalten. […]

Das Zweite ist, dass das befriedigte erste Bedürfnis selbst, die Aktion der Befriedigung und das schon erworbene Instrument der Befriedigung zu neuen Bedürfnissen führt – und diese Erzeugung neuer Bedürfnisse ist die erste geschichtliche Tat. […]

Das dritte Verhältnis, was hier gleich von vornherein in die geschichtliche Entwicklung eintritt, ist das, dass die Menschen, die ihr eignes Leben täglich neu machen, anfangen, andre Menschen zu machen, sich fortzupflanzen – das Verhältnis zwischen Mann und Weib, Eltern und Kindern, die *Familie*. [...]

Übrigens sind diese drei Seiten der sozialen Tätigkeit nicht als drei verschiedne Stufen zu fassen, sondern eben nur als drei Seiten, oder um für die Deutschen klar zu schreiben, drei »Momente«, die vom Anbeginn der Geschichte an und seit den ersten Menschen zugleich existiert haben und sich noch heute in der Geschichte geltend machen.

(TS 146–148 / MEW 3,28–29)

*

Die Gedanken der herrschenden Klasse sind in jeder Epoche die herrschenden Gedanken, das heißt die Klasse, welche die herrschende *materielle* Macht der Gesellschaft ist, ist zugleich ihre herrschende *geistige* Macht. Die Klasse, die die Mittel zur materiellen Produktion zu ihrer Verfügung hat, disponiert damit zugleich über die Mittel zur geistigen Produktion, sodass ihr damit zugleich im Durchschnitt die Gedanken derer, denen die Mittel zur geistigen Produktion abgehen, unterworfen sind. Die herrschenden Gedanken sind weiter Nichts als der ideelle Ausdruck der herrschenden materiellen Verhältnisse, die als Gedanken gefassten, herrschenden materiellen Verhältnisse; also der Verhältnisse, die eben die eine Klasse zur herrschenden machen, also die Gedanken ihrer Herrschaft. Die Individuen, welche die herrschende Klasse ausmachen, haben unter anderm auch Bewusstsein und denken daher; insofern sie also als Klasse herrschen und den ganzen Umfang einer Geschichtsepoche bestimmen, versteht es sich von selbst, dass sie dies in ihrer ganzen Ausdehnung tun, also unter andern auch als Denkende, als Produzenten von Gedanken herrschen, die Produktion und Distribution der Gedanken ihrer Zeit regeln; dass also ihre Gedanken die herrschenden Gedanken der Epoche sind.

(TS 159 / MEW 3, 46)

*

Während im gewöhnlichen Leben jeder Shopkeeper sehr wohl zwischen dem zu unterscheiden weiß, was jemand zu sein vorgibt, und dem, was er wirklich ist, so ist unsre Geschichtsschreibung noch nicht zu dieser trivialen Erkenntnis gekommen. Sie glaubt jeder Epoche aufs Wort, was sie von sich selbst sagt und sich einbildet.

(TS 162 / MEW 3, 49)

*

Es muss diese Geschichtsmethode, die in Deutschland, und warum vorzüglich, herrschte, entwickelt werden aus dem Zusammenhang mit der Illusion der Ideologen überhaupt, zum Beispiel der Illusion der Juristen, Politiker (auch der praktischen Staatsmänner darunter), aus den dogmatischen Träumereien und Verdrehungen dieser Kerls, die sich ganz einfach erklärt aus ihrer praktischen Lebensstellung, ihrem Geschäft und der Teilung der Arbeit.

(TS 162 / MEW 3, 49–50)

*

Meine Untersuchung mündete in dem Ergebnis, dass Rechtsverhältnisse wie Staatsformen weder aus sich selbst zu begreifen sind noch aus der sogenannten allgemeinen Entwicklung des menschlichen Geistes, sondern vielmehr in den materiellen Lebensverhältnissen wurzeln, deren Gesamtheit Hegel, nach dem Vorgang der Engländer und Franzosen des 18. Jahrhunderts, unter dem Namen »bürgerliche Gesellschaft« zusammenfasst, dass aber die Anatomie der bürgerlichen Gesellschaft in der politischen Ökonomie zu suchen sei.

(TS 234 / MEW 13, 8)

*

Das allgemeine Resultat, das sich mir ergab und, einmal gewonnen, meinen Studien zum Leitfaden diente, kann kurz so formuliert werden: In der gesellschaftlichen Produktion ihres Lebens gehen die Menschen bestimmte, notwendige, von ihrem Willen unabhängige Verhältnisse ein, Produktionsverhältnisse, die einer bestimmten Entwicklungsstufe ihrer materiellen Produktivkräfte entsprechen. Die Gesamtheit dieser Produktionsverhältnisse bildet die ökonomische Struktur der Gesellschaft, die reale Basis, worauf sich ein juristischer und politischer Überbau erhebt und welcher bestimmte gesellschaftliche Bewusstseinsformen entsprechen. Die Produktionsweise des materiellen Lebens bedingt den sozialen, politischen und geistigen Lebensprozess überhaupt. Es ist nicht das Bewusstsein der Menschen, das ihr Sein, sondern umgekehrt ihr gesellschaftliches Sein, das ihr Bewusstsein bestimmt. Auf einer gewissen Stufe ihrer Entwicklung geraten die materiellen Produktivkräfte der Gesellschaft in

Widerspruch mit den vorhandenen Produktionsverhältnissen oder, was nur ein juridischer Ausdruck dafür ist, mit den Eigentumsverhältnissen, innerhalb deren sie sich bisher bewegt hatten. Aus Entwicklungsformen der Produktivkräfte schlagen diese Verhältnisse in Fesseln derselben um. Es tritt eine Epoche sozialer Revolution ein. Mit der Veränderung der ökonomischen Grundlage wälzt sich der ganze ungeheure Überbau langsamer oder rascher um. In der Betrachtung solcher Umwälzung muss man stets unterscheiden zwischen der materiellen, naturwissenschaftlich treu zu konstatierenden Umwälzung in den ökonomischen Produktionsbedingungen und den juristischen, politischen, religiösen, künstlerischen oder philosophischen, kurz, ideologischen Formen, worin sich die Menschen dieses Konfliktes bewusst werden und ihn ausfechten. So wenig man das, was ein Individuum ist, nach dem beurteilt, was es sich selbst dünkt, ebenso wenig kann man eine solche Umwälzungsepoche aus ihrem Bewusstsein beurteilen, sondern muss vielmehr dies Bewusstsein aus den Widersprüchen des materiellen Lebens, aus dem vorhandenen Konflikt zwischen gesellschaftlichen Produktivkräften und Produktionsverhältnissen erklären. Eine Gesellschaftsformation geht nie unter, bevor alle Produktivkräfte entwickelt sind, für die sie weit genug ist, und neue höhere Produktionsverhältnisse treten nie an die Stelle, bevor die materiellen Existenzbedingungen derselben im Schoß der alten Gesellschaft selber ausgebrütet worden sind. Daher stellt sich die Menschheit immer nur Aufgaben, die sie lösen kann, denn genauer betrachtet wird sich stets finden, dass die Aufgabe selbst nur entspringt, wo die materiellen Bedingungen ihrer Lösung schon vorhanden oder wenigstens im Prozess ihres Werdens begriffen sind. In großen Umrissen können asiatische, antike, feudale und moderne bürgerliche Produktionsweisen als progressive Epochen der ökonomischen Gesellschaftsformation bezeichnet werden. Die bürgerlichen Produktionsverhältnisse sind die letzte antagonistische Form des gesellschaftlichen Produktionsprozesses, antagonistisch nicht im Sinn von individuellem Antagonismus, sondern eines aus den gesellschaftlichen Lebensbedingungen der Individuen hervorwachsenden Antagonismus, aber die im Schoß der bürgerlichen Gesellschaft sich entwickelnden Produktivkräfte schaffen zugleich die materiellen Bedingungen zur Lösung dieses Antagonismus. Mit dieser Gesellschaftsformation schließt daher die Vorgeschichte der menschlichen Gesellschaft ab.

(TS 234–235 / MEW 13, 8–9)

Freiheit

Unter Freiheit versteht man innerhalb der jetzigen bürgerlichen Produktionsverhältnisse den freien Handel, den freien Kauf und Verkauf.

(TS 185 / MEW 4, 476)

*

Der wirkliche Reichtum der Gesellschaft und die Möglichkeit beständiger Erweiterung ihres Reproduktionsprozesses hängt [...] nicht ab von der Länge der Mehrarbeit, sondern von ihrer Produktivität und von den mehr oder minder reichhaltigen Produktionsbedingungen, worin sie sich vollzieht. Das Reich der Freiheit beginnt in der Tat erst da, wo das Arbeiten, das durch Not und äußere Zweckmäßigkeit bestimmt ist, aufhört; es liegt also der Natur der Sache nach jenseits der Sphäre der eigentlichen materiellen Produktion. Wie der Wilde mit der Natur ringen muss, um seine Bedürfnisse zu befriedigen, um sein Leben zu erhalten und zu reproduzieren, so muss es der Zivilisierte, und er muss es in allen Gesellschaftsformen und unter allen möglichen Produktionsweisen. Mit seiner Entwicklung erweitert sich dies Reich der Naturnotwendigkeit, weil die Bedürfnisse; aber zugleich erweitern sich die Produktivkräfte, die diese befriedigen. Die Freiheit in diesem Gebiet kann nur darin bestehn, dass der vergesellschaftete Mensch, die assoziierten Produzenten, diesen ihren Stoffwechsel mit der Natur rationell regeln, unter ihre gemeinschaftliche Kontrolle bringen, statt von ihm als von einer blinden Macht beherrscht zu werden; ihn mit dem geringsten Kraftaufwand und unter den ihrer menschlichen Natur würdigsten und adäquatesten Bedingungen vollziehn. Aber es bleibt dies immer ein Reich der Notwendigkeit. Jenseits desselben beginnt die menschliche Kraftentwicklung, die sich als Selbstzweck gilt, das wahre Reich der Freiheit, das aber nur auf jenem Reich der Notwendigkeit als seiner Basis aufblühn kann. Die Verkürzung des Arbeitstags ist die Grundbedingung.

(TS 344 / MEW 25, 828)

Patriotismus

Den Kommunisten ist ferner vorgeworfen worden, sie wollten das Vaterland, die Nationalität abschaffen. Die Arbeiter haben kein Vaterland. Man kann ihnen nicht nehmen, was sie nicht haben.

(TS 188 / MEW 4, 479)

Parlamentarismus

Und es gehörte jene eigentümliche Krankheit dazu, die seit 1848 auf dem ganzen Kontinent grassiert hat, der *parlamentarische Kretinismus*, der die Angesteckten in eine eingebildete Welt festbannt und ihnen allen Sinn, alle Erinnerung, alles Verständnis für die raue Außenwelt raubt, dieser parlamentarische Kretinismus gehörte dazu, wenn sie, die alle Bedingungen der parlamentarischen Macht mit eignen Händen zerstört hatten und in ihren Kämpfen mit den andern Klassen zerstören mussten, ihre parlamentarischen Siege noch für Siege hielten …

(MEW 8, 173)

Der Gott Moloch

Die Mittelklasse hatte durch die notorischen Organe ihrer Wissenschaft, durch Dr. Ure*, Professor Senior** und andre Weisen von diesem Schlag, vorhergesagt und nach Herzenslust demonstriert, dass jede gesetzliche Beschränkung der Arbeitszeit die Totenglocke der englischen Industrie läuten müsse, einer Industrie, die vampirmäßig Menschenblut saugen müsse, vor allem Kinderblut. In alten Zeiten war der Kindermord ein mysteriöser Ritus der

* Andrew Ure war Professor für Naturgeschichte sowie Chemie und entwarf eine frühe Managementlehre. In seiner Funktion als freier Berater für die englische Regierung und Industrie verteidigte er in seinem Werk *The Philosophy of Manufactures* die Praxis der Kinderarbeit. Seiner Ansicht nach führten niedrige Löhne für Kinder dazu, dass aufseiten der Eltern der Anreiz, Kinder zur Schule zu schicken, zunehme. Zudem verteidigte er den Kapitalismus und wandte sich gegen jede Form der staatlichen Einmischung und Regulierung.

** Nassau William Senior war ein englischer Nationalökonom, der im Auftrag der englischen Baumwollindustrie eine Studie *(Letters on the Factory Act, as it affects the Cotton Manufacture)* veröffentlichte, in der er gegen das 1833 erlassene Fabrikgesetz argumentierte. Darin glaubte er belegen zu können, dass die Kürzung der Arbeitszeit (auf 10 Stunden) den Ruin der Baumwollindustrie nach sich ziehen würde. Das Fabrikgesetz regelte neben der Begrenzung der Arbeitszeit für Erwachsene auch die erlaubte Arbeitszeit von Kindern und verbot Kinderarbeit vor dem neunten Lebensjahr.

Religion des Moloch, aber er ward nur bei besonders feierlichen Gelegenheiten praktiziert; vielleicht einmal im Jahr, und zudem hatte Moloch keine besondere Liebhaberei für die Kinder der Armen.

(TS 242 / MEW 16, 11)

Robinson und die Wirtschaftsweisen

Da die politische Ökonomie Robinsonaden liebt, erscheine zuerst Robinson auf seiner Insel. Bescheiden, wie er von Haus aus ist, hat er doch verschiedenartige Bedürfnisse zu befriedigen und muss daher nützliche Arbeiten verschiedner Art verrichten, Werkzeuge machen, Möbel fabrizieren, Lama zähmen, fischen, jagen usw. Vom Beten und dgl. sprechen wir hier nicht, da unser Robinson dran sein Vergnügen findet und derartige Tätigkeit als Erholung betrachtet. Trotz der Verschiedenheit seiner produktiven Funktionen weiß er, dass sie nur verschiedne Betätigungsformen desselben Robinson, also nur verschiedne Weisen menschlicher Arbeit sind. Die Not selbst zwingt ihn, seine Zeit genau zwischen seinen verschiednen Funktionen zu verteilen. Ob die eine mehr, die andre weniger Raum in seiner Gesamttätigkeit einnimmt, hängt ab von der größeren oder geringeren Schwierigkeit, die zur Erzielung des bezweckten Nutzeffekts zu überwinden ist. Die Erfahrung lehrt ihn das, und unser Robinson, der Uhr, Hauptbuch, Tinte und Feder aus dem Schiffbruch gerettet, beginnt als guter Engländer bald Buch über sich selbst zu führen. Sein Inventarium enthält ein Verzeichnis der Gebrauchsgegenstände, die er besitzt, der verschiednen Verrichtungen, die zu ihrer Produktion erheischt sind, endlich der Arbeitszeit, die ihm bestimmte Quanta dieser verschiednen Produkte im Durchschnitt kosten. Alle Beziehungen zwischen Robinson und den Dingen, die seinen selbstgeschaffenen Reichtum bilden, sind hier so einfach und durchsichtig, dass selbst Herr M. Wirth* sie ohne besondre Geistesanstrengung verstehn dürfte. Und dennoch sind darin alle wesentlichen Bestimmungen des Werts enthalten.

(TS 253–254 / MEW 23, 90–91)

*

Versetzen wir uns nun von Robinsons lichter Insel in das finstre europäische Mittelalter. Statt des unabhängigen Mannes finden wir hier jedermann abhängig – Leibeigne und Grundherrn, Vasallen und Lehnsgeber, Laien und Pfaffen. Persönliche Abhängigkeit charakterisiert ebenso sehr die gesellschaftlichen Verhältnisse der materiellen Produktion als die auf ihr aufgebauten Lebenssphären. Aber eben weil persönliche Abhängigkeitsverhältnisse die gegebne gesellschaftliche Grundlage bilden, brauchen Arbeiten und Produkte nicht eine von ihrer Realität verschiedne fantastische Gestalt anzunehmen. Sie gehn als Naturaldienste und Naturalleistungen in das gesellschaftliche Getriebe ein. Die Naturalform der Arbeit, ihre Besonderheit, und nicht, wie auf Grundlage der Warenpro-

* Max Wirth war ein deutscher Journalist und Nationalökonom, der u. a. mit seinem Bruder Franz Ulpian Wirth in Frankfurt a. M. das Wochenblatt *Der Arbeitgeber* herausgab. Zugleich war er auch als Redakteur für die *Frankfurter Handelszeitung* tätig.

duktion, ihre Allgemeinheit, ist hier ihre unmittelbar gesellschaftliche Form. Die Fronarbeit ist ebenso gut durch die Zeit gemessen wie die Waren produzierende Arbeit, aber jeder Leibeigne weiß, dass es ein bestimmtes Quantum seiner persönlichen Arbeitskraft ist, die er im Dienst seines Herrn verausgabt. Der dem Pfaffen zu leistende Zehnte ist klarer als der Segen des Pfaffen. Wie man daher immer die Charaktermasken beurteilen mag, worin sich die Menschen hier gegenübertreten, die gesellschaftlichen Verhältnisse der Personen in ihren Arbeiten erscheinen jedenfalls als ihre eignen persönlichen Verhältnisse und sind nicht verkleidet in gesellschaftliche Verhältnisse der Sachen, der Arbeitsprodukte.

(TS 254–255 / MEW 23, 91–92)

*

Für die Betrachtung gemeinsamer, d. h. unmittelbar vergesellschafteter Arbeit brauchen wir nicht zurückgehn zu der naturwüchsigen Form derselben, welche uns an der Geschichtsschwelle aller Kulturvölker begegnet. Ein näherliegendes Beispiel bildet die ländliche patriarchalische Industrie einer Bauernfamilie, die für den eignen Bedarf Korn, Vieh, Garn, Leinwand, Kleidungsstücke usw. produziert. Diese verschiednen Dinge treten der Familie als verschiedne Produkte ihrer Familienarbeit gegenüber, aber nicht sich selbst wechselseitig als Waren. Die verschiednen Arbeiten, welche diese Produkte erzeugen, Ackerbau, Viehzucht, Spinnen, Weben, Schneiderei usw., sind in ihrer Naturalform gesellschaftliche Funktionen, weil Funktionen der Familie, die ihre eigne, naturwüchsige Teilung der Arbeit besitzt so gut wie die Warenproduktion.

(TS 255 / MEW 23, 92)

Der Mehrwert

Als bewusster Träger dieser Bewegung wird der Geldbesitzer Kapitalist. Seine Person, oder vielmehr seine Tasche, ist der Ausgangspunkt und der Rückkehrpunkt des Geldes. Der objektive Inhalt jener Zirkulation – die Verwertung des Werts – ist sein subjektiver Zweck, und nur soweit wachsende Aneignung des abstrakten Reichtums das allein treibende Motiv seiner Operationen, funktioniert er als Kapitalist oder personifiziertes, mit Willen und Bewusstsein begabtes Kapital. Der Gebrauchswert ist also nie als unmittelbarer Zweck des Kapitalismus zu behandeln. Auch nicht der einzelne Gewinn, sondern nur die rastlose Bewegung des Gewinnens. Dieser absolute Bereicherungstrieb, diese leidenschaftliche Jagd auf den Wert ist dem Kapitalisten mit dem Schatzbildner gemein, aber während der Schatzbildner nur der verrückte Kapitalist, ist der Kapitalist der rationelle Schatzbildner. Die rastlose Vermehrung des Werts, die der Schatzbildner anstrebt, indem er das Geld von der Zirkulation zu retten sucht, erreicht der klügere Kapitalist, indem er es stets von Neuem der Zirkulation preisgibt.

Die selbstständigen Formen, die Geldformen, welche der Wert der Waren in der einfachen Zirkulation annimmt, vermitteln nur den Warenaustausch und verschwinden im Endresultat der Bewegung. In der Zirkulation G–W–G funktionieren dagegen beide, Ware und Geld, nur als verschiedne Existenzweisen des Werts selbst, das Geld seine allgemeine, die Ware seine besondre, sozusagen nur verkleidete Existenzweise. Er geht beständig aus der einen Form in die andre über, ohne sich in dieser Bewegung zu verlieren, und verwandelt sich so in ein automatisches Subjekt. Fixiert man die besondren Erscheinungsformen, welche der sich verwertende Wert im Kreislauf seines Lebens abwechselnd annimmt, so erhält man die Erklärungen: Kapital ist Geld, Kapital ist Ware. In der Tat aber wird der Wert hier das Subjekt eines Prozesses, worin er unter dem beständigen Wechsel der Formen von Geld und Ware seine Größe selbst verändert, sich als Mehrwert von sich selbst als ursprünglichem Wert abstößt, sich selbst verwertet. Denn die Bewegung, worin er Mehrwert zusetzt, ist seine eigne Bewegung, seine Verwertung also Selbstverwertung. Er hat die okkulte Qualität erhalten, Wert zu setzen, weil er Wert ist. Er wirft lebendige Junge oder legt wenigstens goldene Eier.

(TS 264–265 / MEW 23, 167–169)

*

Wenn in der einfachen Zirkulation der Wert der Waren ihrem Gebrauchswert gegenüber höchstens die selbstständige Form des Geldes erhält, so stellt er sich hier plötzlich dar als eine prozessierende, sich selbst bewegende Substanz, für welche Ware und Geld beide bloße Formen. Statt Warenverhältnisse darzustellen, tritt er jetzt sozusagen in ein Privatverhältnis zu sich selbst. Er unterscheidet sich als ursprünglicher Wert von sich selbst als

Mehrwert, als Gott Vater von sich selbst als Gott Sohn, und beide sind vom selben Alter und bilden in der Tat nur eine Person, denn nur durch den Mehrwert von 10 Pfd. St. werden die vorgeschossenen 100 Pfd. St. Kapital, und sobald sie dies geworden, sobald der Sohn und durch den Sohn der Vater erzeugt, verschwindet ihr Unterschied wieder und sind beide Eins, 110 Pfd. St.

Der Wert wird als prozessierender Wert, prozessierendes Geld und als solches Kapital. Er kommt aus der Zirkulation her, geht wieder in sie ein, erhält und vervielfältigt sich in ihr, kehrt vergrößert aus ihr zurück und beginnt denselben Kreislauf stets wieder von neuem, G–G', geldheckendes Geld – money which begets money – lautet die Beschreibung des Kapitals im Munde seiner ersten Dolmetscher, der Merkantilisten.

(TS 265–266 / MEW 23, 169–170)

*

Die Wertveränderung des Geldes, das sich in Kapital verwandeln soll, kann nicht an diesem Geld selbst vorgehn, denn als Kaufmittel und als Zahlungsmittel realisiert es nur den Preis der Ware, die es kauft oder zahlt, während es, in seiner eignen Form verharrend, zum Petrefakt* von gleichbleibender Wertgröße erstarrt. Ebenso wenig kann die Veränderung aus dem zweiten Zirkulationsakt, dem Wiederverkauf der Ware, entspringen, denn dieser Akt verwandelt die Ware bloß aus der Naturalform zurück in die Geldform. Die Veränderung muss sich also zutragen mit der Ware, die im ersten Akt G–W gekauft wird, aber

* Versteinerung.

nicht mit ihrem Wert, denn es werden Äquivalente ausgetauscht, die Ware wird zu ihrem Werte bezahlt. Die Veränderung kann also nur entspringen aus ihrem Gebrauchswert als solchem, d. h. aus ihrem Verbrauch. Um aus dem Verbrauch einer Ware Wert herauszuziehn, müsste unser Geldbesitzer so glücklich sein, innerhalb der Zirkulationssphäre, auf dem Markt, eine Ware zu entdecken, deren Gebrauchswert selbst die eigentümliche Beschaffenheit besäße, Quelle von Wert zu sein, deren wirklicher Verbrauch also selbst Vergegenständlichung von Arbeit wäre, daher Wertschöpfung. Und der Geldbesitzer findet auf dem Markt eine solche spezifische Ware vor – das Arbeitsvermögen oder die Arbeitskraft.

(TS 268–269 / MEW 23, 181)

*

Sollte der Arbeiter mit seinen eignen Gliedmaßen in der blauen Luft Arbeitsgebilde schaffen, Waren produzieren? Gab er [der Geldbesitzer] ihm nicht den Stoff, womit und worin er allein seine Arbeit verleiblichen kann? Da nun der größte Teil der Gesellschaft aus solchen Habenichtsen besteht, hat er nicht der Gesellschaft durch seine Produktionsmittel, seine Baumwolle und seine Spindel einen unermesslichen Dienst erwiesen, nicht dem Arbeiter selbst, den er obendrein noch mit Lebensmitteln versah? Und soll er den Dienst nicht berechnen? Hat der Arbeiter ihm aber nicht den Gegendienst erwiesen, Baumwolle und Spindel in Garn zu verwandeln? Außerdem handelt es sich hier nicht um Dienste. Ein Dienst ist nichts als die nützliche Wirkung eines Gebrauchswerts, sei es der Ware, sei es der Arbeit. Hier aber gilt's den Tauschwert. Er zahlte dem Arbeiter den Wert von 3 Schilling. Der Arbeiter gab ihm ein exaktes Äquivalent zurück in dem der Baumwolle zugesetzten Wert von 3 Schilling, Wert für Wert. Unser Freund, eben noch kapitalübermütig, nimmt plötzlich die anspruchslose Haltung seines eignen Arbeiters an. Hat er nicht selbst gearbeitet? Nicht die Arbeit der Überwachung, der Oberaufsicht über den Spinner verrichtet? Bildet diese seine Arbeit nicht auch Wert? Sein eigner overlooker* und sein manager** zucken die Achseln. Unterdes hat er aber bereits mit heitrem Lächeln seine alte Physiognomie wieder angenommen. Er foppte uns mit der ganzen Litanei. Er gibt kein Deut darum. Er überlässt diese und ähnliche faule Ausflüchte und hohle Flausen den dafür eigens bezahlten Professoren der politischen Ökonomie. Er selbst ist ein praktischer Mann, der zwar nicht immer bedenkt, was er außerhalb des Geschäfts sagt, aber stets weiß, was er im Geschäft tut.

Sehn wir näher zu. Der Tageswert der Arbeitskraft betrug 3 Schilling, weil in ihr selbst ein halber Arbeitstag vergegenständlicht ist, d. h. weil die täglich zur Produktion der Arbeitskraft nötigen Lebensmittel einen halben Arbeitstag kosten. Aber die vergangne Arbeit, die in der Arbeitskraft steckt, und die lebendige Arbeit, die sie leisten kann, ihre täglichen Erhaltungskosten und ihre tägliche Verausgabung, sind zwei ganz verschiedne Größen. Die erstere bestimmt ihren Tauschwert, die andre bildet ihren Gebrauchswert. Dass ein halber Arbeitstag nötig, um ihn während 24 Stunden am Leben zu erhalten, hindert den Arbeiter keineswegs, einen ganzen Tag zu arbei-

---

* Aufseher.

** Direktor.

ten. Der Wert der Arbeitskraft und ihre Verwertung im Arbeitsprozess sind also zwei verschiedne Größen. Diese Wertdifferenz hatte der Kapitalist im Auge, als er die Arbeitskraft kaufte. Ihre nützliche Eigenschaft, Garn oder Stiefel zu machen, war nur eine conditio sine qua non*, weil Arbeit in nützlicher Form verausgabt werden muss, um Wert zu bilden. Was aber entschied, war der spezifische Gebrauchswert dieser Ware, Quelle von Wert zu sein, und von mehr Wert als sie selbst hat. Dies ist der spezifische Dienst, den der Kapitalist von ihr erwartet. Und er verfährt dabei den ewigen Gesetzen des Warenaustauschs gemäß. In der Tat, der Verkäufer der Arbeitskraft, wie der Verkäufer jeder andren Ware, realisiert ihren Tauschwert und veräußert ihren Gebrauchswert. Er kann den einen nicht erhalten, ohne den andren wegzugeben. Der Gebrauchswert der Arbeitskraft, die Arbeit selbst, gehört ebenso wenig ihrem Verkäufer, wie der Gebrauchswert des verkauften Öls dem Ölhändler. Der Geldbesitzer hat den Tageswert der Arbeitskraft gezahlt; ihm gehört daher ihr Gebrauch während des Tages, die tagelange Arbeit. Der Umstand, dass die tägliche Erhaltung der Arbeitskraft nur einen halben Arbeitstag kostet, obgleich die Arbeitskraft einen ganzen Tag wirken, arbeiten kann, dass daher der Wert, den ihr Gebrauch während eines Tages schafft, doppelt so groß ist als ihr eigner Tageswert, ist ein besondres Glück für den Käufer, aber durchaus kein Unrecht gegen den Verkäufer.

(TS 272–273 / MEW 23, 206–208)

---

* Unerlässliche Bedingung.

Kapitalistischer Wachstumswahn

Die einfache Warenzirkulation – der Verkauf für den Kauf – dient zum Mittel für einen außerhalb der Zirkulation liegenden Endzweck, die Aneignung von Gebrauchswerten, die Befriedigung von Bedürfnissen. Die Zirkulation des Geldes als Kapital ist dagegen Selbstzweck, denn die Verwertung des Werts existiert nur innerhalb dieser stets erneuerten Bewegung. Die Bewegung des Kapitals ist daher maßlos.

(TS 264, MEW 23, 167)

*

Aber soweit sind auch nicht Gebrauchswert und Genuss, sondern Tauschwert und dessen Vermehrung sein treibendes Motiv. Als Fanatiker der Verwertung des Werts zwingt er rücksichtslos die Menschheit zur Produktion um der Produktion willen [...]. Nur als Personifikation des Kapitals ist der Kapitalist respektabel. Als solche teilt er mit dem Schatzbildner den absoluten Bereicherungstrieb. Was aber bei diesem als individuelle Manie erscheint, ist beim Kapitalisten Wirkung des gesellschaftlichen Mechanismus, worin er nur ein Triebrad ist. Außerdem macht die Entwicklung der kapitalistischen Produktion eine fortwährende Steigerung des in einem industriellen Unternehmen angelegten Kapitals zur Notwendigkeit, und die Konkurrenz herrscht jedem individuellen Kapitalisten die immanenten Gesetze der kapitalistischen Produktionsweise als äußere Zwangsgesetze auf. Sie zwingt ihn, sein Kapital fortwährend auszudehnen, um es zu erhalten, und ausdehnen kann er es nur vermittelst progressiver Akkumulation.

(TS 296 / MEW 23, 618)

*

Akkumuliert, akkumuliert! Das ist Moses und die Propheten! Die Industrie liefert das Material, welches die Sparsamkeit akkumuliert. Also spart, spart, d. h., rückverwandelt möglichst großen Teil des Mehrwerts oder Mehrprodukts in Kapital! Akkumulation um der Akkumulation, Produktion um der Produktion willen, in dieser Formel sprach die klassische Ökonomie den historischen Beruf der Bourgeoisperiode aus. Sie täuscht sich keinen Augenblick über die Geburtswehn des Reichtums […], aber was nützt der Jammer über historische Notwendigkeit? Wenn der klassischen Ökonomie der Proletarier nur als Maschine zur Produktion von Mehrwert, gilt ihr aber auch der Kapitalist nur als Maschine zur Verwandlung dieses Mehrwerts in Mehrkapital. Sie nimmt seine historische Funktion in bitterm Ernst.

(TS 298 / MEW 23, 621)

Verelendung

Je größer der gesellschaftliche Reichtum, das funktionierende Kapital, Umfang und Energie seines Wachstums, also auch die absolute Größe des Proletariats und die Produktivkraft seiner Arbeit, desto größer die industrielle Reservearmee. Die disponible* Arbeitskraft wird durch dieselben Ursachen entwickelt wie die Expansivkraft des Kapitals. Die verhältnismäßige Größe der industriellen Reservearmee wächst also mit den Potenzen des Reichtums. Je größer aber diese Reservearmee im Verhältnis zur aktiven Arbeiterarmee, desto massenhafter die konsolidierte Überbevölkerung, deren Elend im umgekehrten Verhältnis zu ihrer Arbeitsqual steht. Je größer endlich die Lazarusgeschichte** der Arbeiterklasse und die industrielle Reservearmee, desto größer der offizielle Pauperismus. *Dies ist das absolute, allgemeine Gesetz der Akkumulation.*

(TS 307 / MEW 23, 673–674)

*

* Verfügbare.

** Vgl. Lk 16,19–31.

Man begreift die Narrheit der ökonomischen Weisheit, die den Arbeitern predigt, ihre Zahl den Verwertungsbedürfnissen des Kapitals anzupassen. Der Mechanismus der kapitalistischen Produktion und Akkumulation passt diese Zahl beständig diesen Verwertungsbedürfnissen an. Erstes Wort dieser Anpassung ist die Schöpfung einer relativen Überbevölkerung oder industriellen Reservearmee, letztes Wort das Elend stets wachsender Schichten der aktiven Arbeiterarmee und das tote Gewicht des Pauperismus.

(TS 307 / MEW 23, 674)

*

Es ist eine reine Tautologie zu sagen, dass die Krisen aus Mangel an zahlungsfähiger Konsumtion oder an zahlungsfähigen Konsumenten hervorgehn. Andre Konsumarten als zahlende kennt das kapitalistische System nicht, ausgenommen die sub forma pauperis* oder die des »Spitzbuben«. Dass Waren unverkäuflich sind, heißt nichts, als dass sich keine zahlungsfähigen Käufer für sie fanden, also Konsumenten (sei es nun, dass die Waren in letzter Instanz zum Behuf produktiver oder individueller Konsumtion gekauft werden). Will man aber dieser Tautologie einen Schein tiefrer Begründung dadurch geben, dass man sagt, die Arbeiterklasse erhalte einen zu geringen Teil ihres eignen Produkts, und dem Übelstand werde mithin abgeholfen, sobald sie größern Anteil davon empfängt, ihr Arbeitslohn folglich wächst, so ist nur zu bemerken, dass die Krisen jedes Mal gerade vorbereitet

---

* Konsumart der Armen.

werden durch eine Periode, worin der Arbeitslohn allgemein steigt und die Arbeiterklasse realiter größern Anteil an dem für Konsumtion bestimmten Teil des jährlichen Produkts erhält. Jede Periode müsste – von dem Gesichtspunkt dieser Ritter vom gesunden und »einfachen« (!) Menschenverstand – umgekehrt die Krise entfernen. Es scheint also, dass die kapitalistische Produktion vom guten oder bösen Willen unabhängige Bedingungen einschließt, die jene Prosperität der Arbeiterklasse nur momentan zulassen, und zwar immer nur als Sturmvogel einer Krise.

(TS 308–309 / MEW 24, 409–410)

*

Denken wir uns die ganze Gesellschaft bloß aus industriellen Kapitalisten und Lohnarbeitern zusammengesetzt. Sehn wir ferner ab von den Preiswechseln, die große Portionen des Gesamtkapitals hindern, sich in ihren Durchschnittsverhältnissen zu ersetzen, und die, bei dem allgemeinen Zusammenhang des ganzen Reproduktionsprozesses, wie ihn namentlich der Kredit entwickelt, immer zeitweilige allgemeine Stockungen hervorbringen müssen. Sehn wir ab ebenfalls von den Scheingeschäften und spekulativen Umsätzen, die das Kreditwesen fördert. Dann wäre eine Krise nur erklärlich aus Missverhältnis der Produktion in verschiednen Zweigen und aus einem Missverhältnis, worin der Konsum der Kapitalisten selbst zu ihrer Akkumulation stände. Wie aber die Dinge liegen, hängt der Ersatz der in der Produktion angelegten Kapitale großenteils ab von der Konsumtionsfähigkeit der nicht produktiven Klassen; während die Konsumtionsfähigkeit der

Arbeiter teils durch die Gesetze des Arbeitslohns, teils dadurch beschränkt ist, dass sie nur so lange angewandt werden, als sie mit Profit für die Kapitalistenklasse angewandt werden können. Der letzte Grund aller wirklichen Krisen bleibt immer die Armut und Konsumtionsbeschränkung der Massen gegenüber dem Trieb der kapitalistischen Produktion, die Produktivkräfte so zu entwickeln, als ob nur die absolute Konsumtionsfähigkeit der Gesellschaft ihre Grenze bilde.

(TS 309–310 / MEW 25,500–501)

Kapitalismus und Gewalt

Man hat gesehn, wie Geld in Kapital verwandelt, durch Kapital Mehrwert und aus Mehrwert mehr Kapital gemacht wird. Indes setzt die Akkumulation des Kapitals den Mehrwert, der Mehrwert die kapitalistische Produktion, diese aber das Vorhandensein größerer Massen von Kapital und Arbeitskraft in den Händen von Warenproduzenten voraus. Diese ganze Bewegung scheint sich also in einem fehlerhaften Kreislauf herumzudrehn, aus dem wir nur hinauskommen, indem wir eine der kapitalistischen Akkumulation vorausgehende »ursprüngliche Akkumulation« (»previous accumulation« bei Adam Smith) unterstellen, eine Akkumulation, welche nicht das Resultat der kapitalistischen Produktionsweise ist, sondern ihr Ausgangspunkt.

Diese ursprüngliche Akkumulation spielt in der politischen Ökonomie ungefähr dieselbe Rolle wie der Sündenfall in der Theologie. Adam biss in den Apfel, und damit kam über das Menschengeschlecht die Sünde. Ihr Ursprung wird erklärt, indem er als Anekdote der Vergangenheit erzählt wird. In einer längst verflossenen Zeit gab es auf der einen Seite eine fleißige, intelligente und vor allem sparsame Elite und auf der andren faulenzende, ihr alles und mehr verjubelnde Lumpen. Die Legende vom theologischen Sündenfall erzählt uns allerdings, wie der Mensch dazu verdammt worden sei, sein Brot im Schweiße seines Angesichts zu essen; die Historie vom ökonomischen Sündenfall aber enthüllt uns, wieso es Leute gibt, die das keineswegs nötig haben. Einerlei. So kam es, dass die Ersten Reichtum akkumulierten und die Letztren schließlich nichts zu verkaufen hatten als ihre eigne Haut. Und von diesem Sündenfall datiert die Armut der großen Masse, die immer noch, aller Arbeit zum Trotz, nichts zu verkaufen hat als sich selbst, und der Reichtum der wenigen, der fortwährend wächst, obgleich sie längst aufgehört haben zu arbeiten. [...] Aber sobald die Eigentumsfrage ins Spiel kommt, wird es heilige Pflicht, den Standpunkt der Kinderfibel als den allen Altersklassen und Entwicklungsstufen allein gerechten festzuhalten. In der wirklichen Geschichte spielen bekanntlich Eroberung, Unterjochung, Raubmord, kurz Gewalt die große Rolle. In der sanften politischen Ökonomie herrschte von jeher die Idylle. Recht und »Arbeit« waren von jeher die einzigen Bereicherungsmittel, natürlich mit jedesmaliger Ausnahme von »diesem Jahr«. In der Tat sind die Methoden der ursprünglichen Akkumulation alles andre, nur nicht idyllisch.

(TS 311–312 / MEW 23, 741–742)

*

Die Gewalt ist der Geburtshelfer jeder alten Gesellschaft, die mit einer neuen schwanger geht. Sie selbst ist eine ökonomische Potenz.

(TS 316 / MEW 23, 779)

Die Finanzmärkte

Im zinstragenden Kapital erreicht das Kapitalverhältnis seine äußerlichste und fetischartigste Form. Wir haben hier G–G', Geld, das mehr Geld erzeugt, sich selbst verwertenden Wert, ohne den Prozess, der die beiden Extreme vermittelt. Im Kaufmannskapital, G–W–G', ist wenigstens die allgemeine Form der kapitalistischen Bewegung vorhanden, obgleich sie sich nur in der Zirkulationssphäre hält, der Profit daher als bloßer Veräußerungsprofit erscheint; aber immerhin stellt er sich dar als ein Produkt eines gesellschaftlichen *Verhältnisses*, nicht als Produkt eines bloßen *Dings*. Die Form des Kaufmannskapitals stellt immer noch einen Prozess dar, die Einheit entgegengesetzter Phasen, eine Bewegung, die in zwei entgegengesetzte Vorgänge zerfällt, in Kauf und Verkauf von Waren. Dies ist ausgelöscht in G–G', der Form des zinstragenden Kapitals.

(TS 329 / MEW 23, 404)

*

G–G': Wir haben hier den ursprünglichen Ausgangspunkt des Kapitals, das Geld in der Formel G–W–G' reduziert auf die beiden Extreme G–G', wo G' = G + ΔG,

Geld, das mehr Geld schafft. Es ist die ursprüngliche und allgemeine Formel des Kapitals, auf ein sinnloses Resumé zusammengezogen. Es ist das fertige Kapital, Einheit von Produktionsprozess und Zirkulationsprozess, und daher in bestimmter Periode bestimmten Mehrwert abwerfend. In der Form des zinstragenden Kapitals erscheint dies unmittelbar, unvermittelt durch Produktionsprozess und Zirkulationsprozess. Das Kapital erscheint als mysteriöse und selbstschöpferische Quelle des Zinses, seiner eignen Vermehrung. Das *Ding* (Geld, Ware, Wert) ist nun als bloßes Ding schon Kapital, und das Kapital erscheint als bloßes Ding; das Resultat des gesamten Reproduktionsprozesses erscheint als eine, einem Ding von selbst zukommende Eigenschaft; es hängt ab von dem Besitzer des Geldes, d. h. der Ware in ihrer stets austauschbaren Form, ob er es als Geld verausgaben oder als Kapital vermieten will. Im zinstragenden Kapital ist daher dieser automatische Fetisch rein herausgearbeitet, der sich selbst verwertende Wert, Geld heckendes Geld, und trägt es in dieser Form keine Narben seiner Entstehung mehr. Das gesellschaftliche Verhältnis ist vollendet als Verhältnis eines Dings, des Geldes, zu sich selbst. Statt der wirklichen Verwandlung von Geld in Kapital zeigt sich hier nur ihre inhaltlose Form. Wie bei der Arbeitskraft wird der Gebrauchswert des Geldes hier der, Wert zu schaffen, größren Wert, als der in ihm selbst enthalten ist. Das Geld als solches ist bereits potenziell sich verwertender Wert und wird als solcher verliehen, was die Form des Verkaufens für diese eigentümliche Ware ist. Es wird ganz so Eigenschaft des Geldes, Wert zu schaffen, Zins abzuwerfen, wie die eines Birnbaums, Birnen zu tragen. Und als solches zinstragendes Ding verkauft der Geldverleiher sein Geld. Damit nicht genug. Das wirklich fungierende Kapital, wie gesehn, stellt sich selbst so dar, dass es den Zins nicht als fungierendes Kapital, sondern als Kapital an sich, als Geldkapital abwirft.

(TS 327–328 / MEW 25, 404–405)

*

In den Aktiengesellschaften ist die Funktion getrennt vom Kapitaleigentum, also auch die Arbeit gänzlich getrennt vom Eigentum an den Produktionsmitteln und an der Mehrarbeit. Es ist dies Resultat der höchsten Entwicklung der kapitalistischen Produktion ein notwendiges Durchgangsstadium zur Rückverwandlung des Kapitals in Eigentum der Produzenten, aber nicht mehr als das Privateigentum vereinzelter Produzenten, sondern als das Eigentum ihrer als assoziierter, als unmittelbares Gesellschaftseigentum. Es ist andrerseits Durchgangspunkt zur Verwandlung aller mit dem Kapitaleigentum bisher noch verknüpften Funktionen im Reproduktionsprozess in bloße Funktionen der assoziierten Produzenten, in gesellschaftliche Funktionen.

(TS 332 / MEW 25, 453)

*

Es ist dies die Aufhebung der kapitalistischen Produktionsweise innerhalb der kapitalistischen Produktionsweise selbst und daher ein sich selbst aufhebender Widerspruch, der prima facie als bloßer Übergangspunkt zu einer neuen Produktionsform sich darstelle. Als solcher Widerspruch stellt er sich dann auch in der Erscheinung dar. Er stellt in gewissen Sphären das Monopol her und fordert daher die Staatseinmischung heraus. Er reproduziert eine neue Finanzaristokratie, eine neue Sorte Parasiten in Gestalt von Projektenmachern, Gründern und bloß nominellen Direktoren; ein ganzes System des Schwindels und Betrugs mit Bezug auf Gründungen, Aktienausgabe und Aktienhandel. Es ist Privatproduktion ohne Kontrolle des Privateigentums.

(TS 332 / MEW 25, 454)

*

Diese Expropriation* stellt sich aber innerhalb des kapitalistischen Systems selbst in gegensätzlicher Gestalt dar, als Aneignung des gesellschaftlichen Eigentums durch wenige; und der Kredit gibt diesen wenigen immer mehr den Charakter reiner Glücksritter. Da das Eigentum hier in der Form der Aktie existiert, wird seine Bewegung und Übertragung reines Resultat des Börsenspiels, wo die kleinen Fische von den Haifischen und die Schafe von den Börsenwölfen verschlungen werden.

(TS 332–333 / MEW 25, 455–456)

* Enteignung.

Niccolò Machiavelli / Rafael Arnold (Übers.)

Der Fürst

Gebunden mit Schutzumschlag

192 Seiten | Format 12,5 x 20 cm

ISBN 978-3-86539-322-7

»Der Zweck heiligt die Mittel.«

Niccolò Machiavelli

Für die klassischen Fragen der politischen Philosophie interessierte sich Machiavelli weniger. Anstatt über ideale Staatsgebilde zu spekulieren oder nach dem Urzustand des Menschen zu fragen, beschäftigte er sich lieber mit den Fakten politischer Macht. Der Fürst ist vordergründig ein Lehrbuch der sogenannten Realpolitik, des Machterhalts und dessen, was man heute public relations nennen würde. Und obwohl Machiavelli vielen als der Teufel schlechthin gilt und sein Name in der Psychologie synonym mit einer kalten, berechnenden Intelligenz geworden ist, ist die Auseinandersetzung mit Machiavellis ehrlicher Analyse der Herrschaft ein Muss. Dazu bietet diese Neuübersetzung Gelegenheit.

Otto von Bismarck / Klaus Kremb (Hrsg.)

Otto von Bismarck – Politisches Denken

Gebunden mit Schutzumschlag

174 Seiten | Format 12,5 x 20 cm

ISBN 978-3-7374-0978-0

»Es ist schwer, unter einem solchen Kanzler Kaiser zu sein.«

Wilhelm I. von Hohenzollern

Otto von Bismarck gilt heute als einer der wichtigsten, aber auch streitbarsten Staatsmänner der deutschen Geschichte. Wie kein zweiter hat er die deutsche Politik im späteren 19. Jahrhundert gestaltet. Die wesentlichen Grundlagen seines Handelns wurden jedoch schon deutlich früher, in den 1830/40er Jahren gelegt. Diesen Anfängen geht der vorliegende Band nach. Er zeigt auf, wie das politische Denken Bismarcks entstand und geprägt wurde und macht somit auch dessen spätere Politik begreifbar. Anhand einer Auswahl der aussagekräftigsten Texte aus Bismarcks »Gedanken und Erinnerungen« erhält der Leser die Möglichkeit, sich ein eigenständiges Bild von Bismarcks politischer Ideenwelt zu machen.

FSC
www.fsc.org
MIX
Papier aus verantwortungsvollen Quellen
FSC® C083411

Bibliografische Information der Deutschen Nationalbibliothek
Die Deutsche Nationalbibliothek verzeichnet diese Publikation in der Deutschen Nationalbibliografie; detaillierte bibliografische Daten sind im Internet über http://dnb.d-nb.de abrufbar.

2. Auflage 2017

Lektorat: Dr. Timo Gimbel
Covergestaltung: Karina Bertagnolli, Wiesbaden
Bildnachweis: Gary Brown, Karl Marx © CartoonStock.com
Satz und Bearbeitung: SATZstudio Josef Pieper, Bedburg-Hau
Der Titel wurde in der Minion Pro gesetzt.
Gesamtherstellung: CPI books GmbH, Leck – Germany

ISBN: 978-3-7374-1039-7

www.verlagshaus-roemerweg.de